La moneda prodigiosa

Murcia

ASOCIACIÓN MURCIANA
DE ARTISTAS Y ESCRITORES
Plaza Yesqueros, 5-30005 Murcia

Diseño portada: Manuel Ángel Nicolás

ISBN: 978-1-326-62889-5
Depósito Legal: MU 436-2016
Impresión: Lulu.com
3101 Hillsborough Street
Raleigh, NC 27607
UNITES STATES

MANUEL ÁNGEL NICOLÁS

La moneda prodigiosa

Mayo 2016

Preámbulo

UN CUADRO SORPRENDENTE

Cuando entré, sentí el fuerte olor a témpera, a óleo y a barniz que se expandía por todo el espacio de la galería Artenuevo. Mi pasión por la pintura artística solía inducirme a visitar asiduamente estos lugares o centros culturales donde jóvenes artistas exponían sus lienzos con una perspectiva, a menudo, moderna o surrealista. Por lo general, muchas de estas mentes creativas disponían de pocos recursos económicos para exhibir sus obras, tener la oportunidad de darse a conocer, y lo más importante, conseguir vender algún cuadro. Sólo algunos privilegiados lograban llamar la atención de algún mecenas apasionado por la pintura novedosa, y apostaban por las creaciones de autores neófitos.

Juan Martín era uno de esos jóvenes pintores agraciados por el beneplácito de uno de esos excéntricos fiadores de la cultura que le costearon la exposición de sus cuadros en Artenuevo. Mientras el autor estaba explicando el simbolismo y significado de su muestra pictórica, a mí me sorprendió enormemente el dibujo hecho a óleo de un cuadro de madera de pequeñas dimensiones que apenas destacaba del resto de las obras expuestas, cuyo título, en su conjunto, rezaba “La vida es milagro”. Realmente no sabía el motivo de este nombre para la exposición, si bien rememoraba una de las obras de teatro más importantes de la literatura española “La vida es sueño”, del insigne Calderón de la Barca.

Todos los cuadros eran bastante surrealistas, llenos de color y rozando la abstracción. Salvo el pequeño cuadro, aparentemente insignificante, pero que atrajo ciertamente mi curiosidad.

Lo que en él había pintado era una mano que parecía dejar caer un objeto circular de color plateado sobre el dibujo de la huella de un pie. Este cuadro también habría pasado desapercibido para mí, de no haber observado en él un pequeño detalle que logró captar aún más mi atención. El objeto circular y plateado tenía una sombra en el centro semejante a una hendidura. Al principio, este pormenor me desconcertó hasta el punto de creer que se trataba de una piedra o algo parecido.

- ¡Vaya!... ¡Qué cosa más extraña y conocida al mismo tiempo! –dije, dirigiéndome al joven pintor.

- La moneda milagrosa –indicó Juan Martín.

- ¿La moneda milagrosa? –repetí intrigado

- Para mí fue algo también sorprendente... No es un invento, producto de mi imaginación. En una ocasión la vi, tenía una mueca o hendidura.

Me aproximé al cuadro lo suficiente y pude descubrir que el objeto tenía inscrito un *CIEN* arriba y *pesetas* abajo... Sí. El pintor había querido dejar reflejado el valor de la moneda que ha pretendido pintar.

-¿Y por qué milagrosa? ¿Acaso tiene poderes sobrenaturales? –pregunté, inmediatamente con escepticismo.

- Bueno, en realidad, no sabría decir el origen de su poder, pero lo cierto es que me interesé por conocer su historia y, desde luego, a quien ha estado en posesión de la moneda, le cambió su vida... para bien, por supuesto.

Todos nos interesamos por conocer su historia, y el joven Juan Martin accedió a satisfacer nuestra curiosidad.

Capítulo 1

ESCUDO SALVAVIDAS

En la Plaza de Santo Domingo el trasiego peatonal es ininterrumpido. Es una de las zonas más concurridas de la ciudad donde la gente va de un lado para otro mirando escaparates, entrando en alguna de las numerosas cafeterías o apostándose en las mesas que se encuentran adosadas a éstas en el exterior. Otros hacen cola frente al *Gato Negro*, para probar suerte con la adquisición de un décimo de la lotería o echando un boleto de la primitiva. Hay quienes se atreven a más y prefieren jugarse los cuartos al bingo o a la ruleta en *El Casino*. Otros caminan con su atuendo de trabajo, unos con mono, otros con traje y corbata, y los más vestidos de calle.

No es raro ver a un guía mostrando las excelencias arquitectónicas de los edificios a un grupo de turistas, o a un maestro al frente de sus díscolos alumnos de primaria llamándoles la atención para que no se desvíen del itinerario marcado en su salida cultural.

Y, como en casi todas las ciudades, no faltan quienes viven a expensas de la compasión de los demás. Unos son drogadictos que exigen al incauto ciudadano las míseras monedas que les permita costearse la dosis acostumbrada. Otros, se han visto abocados a mendigar limosna por quedarse sin trabajo, y algunos que nunca lo han tenido, desde muy jóvenes se han iniciado en la labor mendicante sin ningún atisbo de rubor y sin pretensión alguna de mejorar su estatus social. Aunque también hay algunos de estos indigentes dotados de cierta habilidad que tratan, al menos, granjearse la caridad de los transeúntes mostrando su arte. La mayoría hace caso omiso y pasa de largo ante un sin techo que trata de ganarse la vida haciendo de mimo, y también ante una mujer cuarentona tocando el acordeón. Otros, más atrevidos, se acercan a las mesas de las terrazas y amenizan el café o refrigerio de los clientes cantándoles y tocando su guitarra.

Uno de esos días –contaba Juan Martín- un pedigüeño no hacía más que importunar a los transeúntes, y casi les forzaba poniéndoles delante de sus narices la tapa de una caja de zapatos para que le echasen alguna moneda suelta sin éxito. Una y otra vez insistía, buscando captar la atención, pero no había forma de que alguien se dignara a hurgarse en los bolsillos y dejarle siquiera media peseta. Y el caso es que su forma de implorar caridad rompía la monotonía del pordiosero común, pues lo hacía de manera simpática y sugestiva. No se limitaba a decir <<Deme algo, Dios se lo pagará>>, o <<Deme unas monedas para un café>>, y frases del estilo. No, al contrario. Era en cierto modo un pobre mendigo muy persuasivo, que pretendía hacer valer su perentoria necesidad con simpatía y denuedo, como quien clama por sus fueros perdidos.

- Écheme una moneda de nada, que es para una empanada –le dijo a una señora que caminaba deprisa e hincándole el diente a un pastel de carne

Dicha señora le esquivó con cierta incomodidad. Detrás de ella un señor con chaqueta y corbata y con una cartera de mano. Iba con la mirada perdida entre la gente.

- Usted tiene cara de buena persona, deje algo para un chocolate con mona – dijo el indigente esbozando una sonrisa, aún consciente de que su pareado iba a caer en saco roto.

Así estuvo prácticamente toda la mañana sin apenas conseguir unas pesetas. Hasta que cambió la frase, y como quién está a punto de quedarse en la calle, se dirigió de nuevo a un viandante que acababa de salir de una cafetería y abordándole, dijo:

- ¿Me da usted cien duros que son para pagar la hipoteca?

Al interpelado caballero le pilló por sorpresa la petición del mendigo, que por unos instantes le hizo dudar sobre la veracidad de esa demanda. Luego esbozando una sonrisa, le preguntó:

- ¿Cómo te llamas?

- Elías Rico... Pero ya ve, para nada me pega el apellido – respondió el indigente con un atisbo de esperanza.

- ¡Vaya! Pues no eres el único. Yo me llamo Rafael Ladrón, y de ratero no tengo nada... Anda, me has caído en gracia, toma.

Elías Rico abría con impaciencia las órbitas de sus ojos pendientes de lo que ese caballero iba a depositar en la tapa receptora. Una moneda de cien pesetas, la primera que recibe en mucho tiempo. Era casi un botín. Acostumbrado tantas veces a recibir calderilla, monedas de media, una y cinco pesetas, cuando alguien depositaba veinticinco lo celebraba con inusitado entusiasmo. Y no hablemos del alborozo suscitado al conseguir de algún alma generosa cincuenta pesetas. Pero el deleite que le producía a su vista la presencia de una moneda de cien pesetas era inenarrable, algo que sobrepasaba las expectativas del tardo acopio. Tal vez porque hasta ese momento no se había tropezado con alguien tan pródigo y munificente.

- Gracias, Señor, que Dios se lo pague – dijo finalmente el mendigo Elías Rico, moviendo la cabeza que casi parecía una reverencia a su benefactor.

Cuando éste se alejó, Elías Rico cogió la moneda y se la guardó en el bolsillo izquierdo de su camisa. Luego continuó con su labor mendicante esperando tener tanta o más suerte que la obtenida.

No muy lejos de ahí, un joven salió precipitadamente de una sucursal del Banco Central Hispano con una bolsa de deporte en una mano y una pistola en la otra. Hubo gritos de sobresalto y la gente amedrentada trataba de apartarse de su camino. Dos policías de barrio que acudieron inmediatamente al lugar, le salieron de frente y le hicieron el alto empuñando sus armas reglamentarias. Pero no lograron achantar al joven armado y, como fiera acorralada, hizo rugir su pistola emitiendo un par de disparos. Una de las balas impactó en el escaparate de una tienda de zapatos, y la otra desafortunadamente golpeó en el pecho del mendigo Elías Rico. Como había aún ciudadanos en la calle, los agentes locales no se atrevieron a responder al ataque del muchacho, el cual retrocedió hasta el cruce de la calle y giró a la derecha. Uno de los policías fue tras sus pasos, mientras el otro se quedó para atender a la víctima, que se hallaba tumbado sobre su costado izquierdo, rodeado por una docena de viandantes y curiosos.

- ¡Ay!... ¡Me ha *matao*! ¡Me ha *matao*! –se quejaba el mendigo echándose mano al pecho izquierdo.

-¡Apártense! ¡Apártense! –mandó el policía haciéndose hueco entre la gente- Tranquilícese, amigo. Enseguida llega una ambulancia... ¿Dónde le han dado?

- ¡Me ha *matao*! ¡El *hijo puta* me ha dado en todo el corazón!

- ¿Está usted seguro de que le ha impactado una de las balas? No hay rastro de sangre alguno en su cuerpo

Elías Rico, alentado por la percepción del agente de policía, se incorporó y palpándose en el bolsillo izquierdo de su camisa sacó la moneda que se había guardado. Ésta presentaba una hendidura. Sorprendentemente había amortiguado el impacto del proyectil, como escudo protector, salvándole la vida.

- ¡Gracias, Dios, gracias! – gritaba exultante de alegría, consciente de que un milagro le había concedido una nueva oportunidad de vivir.

Lo que sucediera después con el joven que disparó es otra historia que protagonizaron los agentes de la policía nacional.

Capítulo 2

UNA HIPOTECA BIEN VALE UN CAFÉ

En la Plaza de los Apóstoles es frecuente tropezarse con algún grupo de turistas ingleses y alemanes interesados por la excelencia monumental de la Iglesia Catedral, la prestancia arquitectónica del edificio del siglo XVIII donde queda ubicado el Ayuntamiento de la ciudad, o el emblemático Museo de Bellas Artes. En los soportales del Templo catedralicio abundan tiendas de suvenires, librerías, mercerías, zapaterías, bazares y comercios de objetos religiosos. Junto a ellos han proliferado los negocios de alimentación y ocio que mantienen viva la plaza, repleta de gente desayunando o almorzando en las mesas resguardadas por toldos y quitasoles. Hay para todos los gustos y bolsillos, siendo el más frecuentado sobre todo por estudiantes *El LIZARRAN*, de origen vasco que sirve tapas de a un euro con bebida gratis. También podemos encontrar el restaurante italiano *Fiorentino*, con cafetería y heladería donde sirven unos productos exquisitos originarios del país transalpino. Para los que sienten predilección por la comida picante, pueden entrar en *El Charro,* de auténtica cocina mejicana. Y si gustan las carnes de vacuno asadas en piedra o a la brasa, no hay más que acudir a *Parrillada*, un restaurante argentino de calidad suprema. Aunque no tienen nada que envidiar los modestos bares y tascas autóctonos, que también prestan servicio de comedor con menús asequibles a los bolsillos más menudos, como el *Mesón Luis Vives, La Taberna del Tío Pencho*, o *Los Ventanales*. Por no hablar de los establecimientos que sólo sirven desayunos y meriendas, como la cruasantería *Las Delicias del Cardenal* o la confitería-heladería *Blancanieves*.

Sin embargo –contaba Juan Martín-, por aquella época la situación económica en todo el país era precaria y había afectado a más de la mitad de los comercios. Sólo los que se mantenían con capital propio aguantaban con firmeza la presión fiscal y las subidas de precios en los servicios más elementales: luz, agua, teléfono, etc. Éste era el caso del *Bar Segura*, emplazado en la calle Saavedra Fajardo. Un modesto local de apenas cuarenta metros cuadrados atendido por su propietario, Salvador Segura, y Fina, sobrina de este.

Salvador estaba casado y tenía cinco hijos, el mayor de los cuales hacía poco que cumplió seis años. Todos los niños estaban bajo el cuidado de su madre Ana María, que disfrutaba con ellos, dedicándoles el mayor tiempo posible. Además, procuraba que en las noches no interrumpieran con sus llantos el descanso de su marido, aunque esto resultaba muy difícil en algunas temporadas de calor. Sin embargo, Salvador lo soportaba en silencio, mostrando su cariño y tranquilizando a Ana, haciéndole ver que no le importaba. Aún más, él mismo se levantaba y trataba de apaciguar los gemidos de sus fierecillas, olvidándose del poco tiempo que le restaba para levantarse y abrir el bar.

En el último mes Salvador había recibido varias notificaciones de cortes de agua y luz. El negocio había mermado considerablemente en cuanto a las visitas de clientes, y resultaba difícil cubrir gastos con el dinero de caja. Eso sí, a su sobrina Fina le pagaba religiosamente todas las semanas. Pero su mayor preocupación era hacerle frente a la hipoteca del bar. Por el momento había capeado los últimos recibos, sin obtener respuesta requeridora del banco que le concedió el crédito. Si bien, el bajo del bar pudo adquirirlo con un traspaso de negocio por el que pago tres millones de pesetas, además de una cuota mensual pendiente de seis mil pesetas.

Pero aquella mañana, todo se volvió gris para la vista y el ánimo del dueño del *Bar Segura*. Había recibido una notificación del Juzgado número 13 por la que se le requería hacer frente a un embargo por valor de tres millones doscientas trece mil quinientas dos pesetas. El sobresalto que se llevó fue tremebundo. ¿De dónde había salido esa deuda? ¿Del bar? Si ya pagó a su anterior dueño, y sólo se había demorado en seis cuotas de pago mensuales, total, treinta y seis mil pesetas... <<Debe haber un error >>, pensaba Salvador. Fue a consultarlo con un cliente que trabajaba en un despacho de abogados como pasante, quien sin haber estudiado derecho tenía sobrados conocimientos en lo concerniente a las cédulas de demandas por impagos y otras requisitorias judiciales. Después de informarse, éste le comunicó a Salvador que la demanda por impago pesaba sobre la hipoteca del bar que no satisfizo regularmente su anterior dueño, quien hizo caso omiso de este gravamen al traspasárselo a él.

Y el día del incidente en la plaza Santo Domingo era jueves y faltaban dos días hábiles para que se hiciese efectiva la orden de embargo. La cosa pintaba muy mal, pero Salvador Segura que era un hombre de mucha fe, todavía soñaba con la esperanza remota de encontrar una solución. En el bar tan solo había dos clientes, uno sentado en una mesa tomando una cerveza, y el otro junto a la barra con una copa de Magno y leyendo el *Marca*. De repente, entró el mendigo Elías Rico acompañado por Justo Luis, uno de los clientes habituales del Bar Segura con otras tres personas, sorprendiendo gratamente a Salvador.

- Buenos días, Salvador –saludó Justo Luis - ¿No está Fina?

- Buenos días, Justo... ¡Qué alegría verte!... Fina está en la cocina... ¿Qué vas a tomar? ¿Lo de siempre?

- Lo de siempre. Y para este buen hombre lo que pida –dijo Justo Luis refiriéndose a Elías Rico.

Salvador sirvió a Justo Luis un cortado con un chorro de Carlos III. Uno de los acompañantes pidió lo mismo que el anterior. Los otros dos un Martini blanco con fanta de limón, y Elías Rico un café solo. Era la primera vez que el mendigo iba a disfrutar tomándose algo en compañía, dentro de un bar. Cuando alguien más recatado, en vez de darle dinero le invitaba a desayunar o a tomarse un bocadillo, Elías Rico nunca lo hacía en el interior de los establecimientos, porque se sentía incómodo y despreciado ante las miradas recelosas de camareros y clientes. Prefería que se lo adquiriese su benefactor y le sacase en un vaso de plástico el café con leche y el bollo correspondiente, o envuelto en servilletas de papel el bocata del almuerzo. Pero, en este día, estaba siendo objeto de compasión y admiración al mismo tiempo, protagonista de un hecho que le iba a hacer cambiar su visión negativa de la vida.

Justo Luis contó a Salvador el suceso, y tanto le sorprendió que se había olvidado por completo de sus problemas. En el mundo no era el único que lo estaba pasando mal, y debía estar agradecido por no haber caído aún en la indigencia. <Hasta el más pobre tiene suerte>, pensaba Salvador tranquilizándose y recuperando el optimismo.

Justo Luis se disponía a pagar la cuenta de todos, y se encontró con la negativa de Elías Rico, quien no podía permitirse tal gentileza.

- ¡No, no!... Mi café lo quiero pagar yo –dijo con aire de suficiencia el mendigo- ¿Cuánto es?

Justo Luis se quedó pensativo por un instante. Le veía tan contento que no quiso contrariarlo y decidió no insistir en invitarle. Salvador, por su parte, quiso hacer una gracia con él haciéndole un descuento del veinte por ciento:

- Ochenta pesetas

Elías Rico se echó mano al bolsillo de su camisa y sacó la moneda de cien que le había salvado la vida. Luego la dejó sobre el mostrador diciendo con un gesto de auténtica generosidad:

- Quédese con las vueltas

El propietario del bar cogió la deformada moneda, y durante unos segundos permaneció observándola por la cara y la cruz, como si estuviese verificando su autenticidad.

- ¿Qué...? ¿Acaso cree que es falsa? – preguntó Elías Rico, molesto por ese gesto de Salvador que presumía desconfianza.

- Esa moneda es la que le salvó la vida a este hombre... A él le ha traído suerte, puede que a ti también te la dé –aclaró Justo Luis sorprendido por el encomiable desinterés del mendigo sobre un objeto que cualquiera, entre los que él mismo se incluía, hubiera conservado como si de un talismán se tratara.

- No, no, en absoluto. Gracias –respondió Salvador finalmente, dejando la moneda encima de la caja registradora.

Cuando esos clientes abandonaron el bar Segura, de nuevo volvió el fantasma de la preocupación económica a intranquilizar el ánimo de Salvador que no veía el modo de resolver en tan corto tiempo. Solo un milagro podría evitar el embargo. Ojalá tuviera tanta suerte como la tuvo ese mendigo, pensaba. Ojalá fuera cierto lo que Justo Luis afirmaba sobre esa moneda deformada y le ayudara a pagar la hipoteca. Ojalá... fuera su talismán. Pero lo que sí tenía claro es que con *ojalás* no se llega a ninguna parte.

Era cerca de la una del mediodía y hasta el momento la entrada de clientes estaba siendo ridícula, provocando aún más el desánimo del dueño del bar. Hasta que entró Pepe *el Tuerto,* cuyo trabajo consistía en ofrecer esperanza con la venta de números de la suerte. Vendía lotería nacional en la calle, y trataba de captar clientes por la zona de Santa Eulalia y la calle de correos. El bar Segura era uno de sus puntos asiduos de venta.

- Buenos días, Salvador... Qué poca gente, ¿no?
- Sí... Hoy no es un buen día
- Desde luego, la cosa no está para tirar cohetes... ¿Qué tal Fina?
- Ahí dentro, más aburrida que una ostra, deseando que le den trabajo
- Ya... Bien. En vista de que no hay nadie que busque la suerte me marcho

Salvador no creía en la suerte, pero sí confiaba en los milagros -tantos se suceden a diario sin que los veamos, pensaba - y cuando Pepe *el Tuerto* mencionó la dichosa palabra que atraía la fortuna, mirando la moneda hendida encima de la caja registradora, un atisbo de esperanza iluminó su rostro.

- Espera, Pepe... ¿A cómo es el décimo?
- Hoy a 100 pesetas
- Dame uno

El vendedor sorprendido por tal petición, pues era la primera vez que el dueño del bar Segura osaba probar fortuna con él como intermediario, le ofreció el único que le quedaba de una serie. Salvador se lo agradeció pagándole con la peculiar moneda que le salvara la vida al mendigo Elías Rico.

Pepe el Tuerto observaba el metal de la misma forma que lo hiciera Salvador cuando lo recibió, y lo aceptó con gratitud, por ser éste el primer cupón que el dueño del bar Segura le había comprado.

A las diez de la noche, como todos los días, realizaban el sorteo de la lotería. Ésta era la primera vez que toda la familia de Salvador Segura estaba pendiente del resultado. Tanta ilusión le había infundido a su mujer, a su sobrina y a sus hijos que confiaban en la Buena Suerte como quien confía en la Providencia divina. Porque antes del sorteo Ana María había rezado una novena a San Nicolás de quien era fervorosa devota por el bien que había hecho a tantos niños, y por el bien de los suyos le imploraba para que intercediera en su favor y les concediese el Señor de la Creación la solución a todos sus problemas, entre los que se encontraba, por supuesto, el económico.

-... y el número premiado de la lotería nacional es...

Hubo un corte de luz general precisamente en el momento tan esperado. Ana María estaba totalmente impaciente, y sin poder contenerse, llamó a Salvador por teléfono, confiando en que éste haya podido enterarse del resultado.

- No, Ana... Aquí también se ha cortado la luz... es un fastidio porque estamos con linternas... Ahora, más que la lotería me preocupan las cámaras. Se puede echar todo a perder como tarden en arreglar la avería – se quejaba Salvador al otro lado del teléfono, preocupado más por el negocio que por la suerte.

A la mañana siguiente, después de abrir el bar llegó el repartidor de periódicos, dejándole al dueño del establecimiento un ejemplar de *La Verdad.* Salvador ojeó la página donde aparecían publicados los números de la suerte, y comprobó los premiados de la lotería con el que él llevaba.

- ¡Bendito sea Dios!... ¡Tengo el número del tercer premio- exclamó con los ojos resplandecientes de alegría.

Luego miró la cantidad de dinero correspondiente a ese tercer premio: 36000 pesetas por décimo. Salvador lo consideró un verdadero milagro, al igual que Ana María, pues se trataba justamente del valor del embargo al que había que hacerle frente. Y todo, gracias a un café.

Capítulo 3

EL ÓBOLO DE LOLA, LA TIZNÁ

El lunes, Pepe *El Tuerto* acudió al Banco Popular sito en la calle Trapería para ingresar el dinero de la recaudación obtenida con la venta de los billetes de la lotería.

La noticia del premio recibido por el dueño del Bar Segura satisfizo enormemente el ánimo del lotero, que no tardó en visitar al premiado para congratularse con él. Evidentemente, esa no dejaba de ser una oportunidad para granjearse cierta reputación, utilizando el Fado de la buena suerte como reclamo para captar clientes. Pepe *El Tuerto,* era consciente del gran aumento del número de apuestas y de apostantes que confiaban ilusionados recibir la visita en sus hogares de la diosa Fortuna, como último y, en la mayoría de los casos, único recurso para solventar sus problemas económicos, acrecentados en tiempos de crisis.

Cuando hubo realizado la gestión bancaria, trató de vender algún boleto a los empleados del banco y a los clientes, entre los que se encontraban Enrique Santillán, un acaudalado empresario de setenta años, y su acompañante Jesús del Amo, diez años menor y que era Concejal de Urbanismo.

Enrique Santillán, persona no creyente y cuyo único objetivo era atesorar en esta vida cuantos más bienes mejor, pasó la mayor parte de su infancia hacinado en un hospicio, después de haber sido abandonado por sus padres. Desde los diez años tuvo en vilo a los responsables del orfanato, llevándolos hasta el límite de su paciencia, con sus continuadas y largas ausencias del centro de acogida, vagabundeando por calles y barrios atestados de tiendas y mercadillos. Y al cumplir los catorce, definitivamente lo abandonó para ganarse la vida con trabajos temporeros y de aprendiz, siendo su única escuela la calle y su único maestro el afán de supervivencia.

A Enrique Santillán la experiencia de la vida le ha enseñado que solo los fuertes, los atrevidos, los arriesgados pueden llegar a alcanzar el poder y ser capaces de construir un imperio y dominar el mundo. Él se consideraba un hombre poderoso porque había amasado una ingente fortuna que le permitía codearse con políticos y obtener de ellos lo que quisiera. Se consideraba a sí mismo un dios. Él era su mismo dios. Lo que poseía lo consideraba suyo por méritos propios. Y los que ponían su confianza en otro ser ajeno a ellos mismos, los consideraba débiles, como Jesús del Amo, al que conocía desde hacía más de veinte años y con el único que trabó una profunda amistad.

Este político tenía fama de hombre íntegro y ecuánime, muy cercano al pueblo y de fácil trato. Sensibilizado con los problemas de la gente, siempre estaba dispuesto a ayudar a todo el que formulaba peticiones razonables y ajustadas al ordenamiento jurídico. Al contrario que su amigo Enrique Santillán, el concejal era un hombre de sólidas creencias, muy seguro de sí mismo, y cuyo único objetivo era hacer el bien a las almas de la gente que se tropezaba con él, acercándolas al Dios de su fe, sabedor de que Él es el Sumo Bien. Pero cuando hablaba de ello a su amigo Enrique, que le escuchaba con respeto, este le esquivaba con evasivas, condicionando siempre cualquier respuesta afirmativa a su propia conveniencia. En una de esas ocasiones le dijo que si recalificaba unos terrenos de su propiedad, que se encontraban en la zona rural no urbanizable de Rincón de Beniscornia, pensaría en convertirse en creyente. Por supuesto, Jesús del Amo no accedió. En cambio, le dijo que seguiría rezando por él.

- Pierdes el tiempo. Además, tus oraciones no van a aumentar mi patrimonio –respondió el empresario con sarcasmo.

- Probablemente, pero eso no es lo más importante. Aunque no lo creas todos tendremos que rendir cuentas algún día de la administración de nuestras vidas, incluso de las que nos han sido confiadas... Tú eres mi amigo, y tu vida me importa – le confesó el concejal

- Ya, ya... ¿Por qué te empeñas tanto? Sólo vivimos una vez y hemos de disfrutar la vida al máximo

- Yo no creo que la vida se acabe aquí. Creo que existe una vida mejor a la que todos estamos llamados libremente para gozar de ella... Y sí, me empeño porque quiero salvar mi alma, y también la tuya... Yo quiero que en el último día, cuando el Juez Supremo me pregunte: "¿Y tú qué has hecho por Enrique?", pueda responderle que traté de abrirte los ojos a la Verdad, que nunca te abandoné a tu suerte, que en ningún momento perdí la esperanza de tu conversión...

Ahora, ambos amigos sabían que el cáncer ya estaba en su último estado de desarrollo y pronto terminaría con la vida del empresario. Aún así, Enrique Santillán se resistía a aceptar la existencia de una vida en el más allá que fuese mejor que esta. Y, si la hubiera, estaba seguro de que no sería para él. No, ahora no. Después de tantos años sin religión, era imposible recibir ese consuelo. Sin embargo, Jesús del Amo insistía en recordarle tantos ejemplos de personas conversas que dieron su vida cosechando abundantes frutos con el testimonio de su fe. También Enrique Santillán podía ser uno de ellos.

El empresario pidió a la cajera del Banco Popular dinero en efectivo y cambio en metálico. Esta le dio diez monedas de cien pesetas entre las que se encontraba la moneda con la hendidura que entregara Pepe *El Tuerto*. A la salida de la entidad bancaria Jesús del Amo dijo a su amigo:

- Enrique, aún estás a tiempo de enmendar tu vida... Piensa que en cualquier momento puede llegar tu última hora. Has de vencer tu orgullo, tu vanidad, esa soberbia que nos aferra a este mundo como si fuera nuestro...

- Todos hemos de morir algún día, y la realidad es que lo que no hayamos conseguido disfrutar aquí es tiempo perdido

- Es cierto, pero, sinceramente, ¿acaso eres más feliz ahora que al principio?

Enrique Santillán calló pensativo. Realmente la incertidumbre ante lo desconocido le sobrecogía. Por primera vez se sentía como un dios impotente. Pero no se atrevía a reconocerlo.

- Yo no soy como tú... Siempre he hecho lo que me ha apetecido, sin importarme nada ni nadie... ¿Qué se supone que debo hacer ahora? – dijo sin confianza

- Comienza haciendo algo por los demás, algo desinteresado que no busque tu propio beneficio...Una obra de misericordia, un gesto de compasión... Ocasiones para hacerlo no te faltarán. Las hay a la vuelta de cada esquina...

Los dos amigos llegaron hasta la Plaza de Cetina, donde se detuvo el concejal y compró el periódico *La Verdad*.

- Ahora te tengo que dejar. He de asistir a un Pleno en el Ayuntamiento –dijo finalmente a Enrique Santillán estrechándole la mano.

El empresario marchó en dirección contraria a la del Consistorio justo en la calle de Santa Isabel donde tenía que acudir a la consulta privada de un oncólogo que le estaba siguiendo el tratamiento de su enfermedad.

En el trayecto se tropezó con una mujer de cuarenta y pocos años, de mote Lola "*La Tizná*", que imploraba la misericordia de los transeúntes con un letrero que rezaba así:

"Una limosna para comida, Dios se lo pagará. Estoy sin trabajo, tengo tres hijos y un marido minusválido".

Enrique Santillán aminoró su paso al tiempo que reflexionaba sobre las palabras del concejal. Aún sin convencimiento, iba rumiando sobre los conceptos de "*obra de misericordia*" y "*compasión*" los cuales le sonaban extraños, pues tanto tiempo habían permanecido ajenos a su vocabulario. Luego casó dichas acepciones con la que había leído en el epígrafe de la pedigüeña *"Dios se lo pagará"*. Se echó mano al bolsillo y sacó de entre las monedas sueltas, aquella que tenía una deformación. La misma que entregase Pepe *El Tuerto* a la cajera del Banco Popular. Aquella que salvó la vida al mendigo Elías Rico. Como un objeto sin valor no tuvo reparos en donársela a la mujer en su primer acto desinteresado, aunque sí le embargaba la curiosidad por saber de qué forma iba a retribuirle ese *"tal Dios"* su gesto generoso. Después siguió su camino hacia la consulta médica.

A la una del mediodía repicaron las campanas de la iglesia de San Bartolomé. La mujer indigente, alertada por la hora, se dirigió con prisa a dicho templo.

Lola, *La Tizná*, tenía la tez morena y llevaba el pelo color azabache recogido en una coleta trenzada. Sus ojos eran grandes y de color pardo, su nariz aguileña, y su boca grande mostraba al sonreír una perfecta y marfileña dentadura. Era una mujer sencilla y alegre a pesar de su desdichada vida. Tenía una fe plena en la Providencia divina, confiando siempre en la bondad de la gente que la ayudase a cubrir sus necesidades más perentorias. Además, de su cariz campechano y humilde, Lola, *La Tizna,* brillaba por su gran compasión hacia las personas que habían perdido un ser querido, y por su piedad y devoción a las Benditas Ánimas del Purgatorio. Tanto era así, que no había ni un solo día que faltase a su promesa de ofrecer una misa por Ellas en la iglesia de San Bartolomé.

La pobre mujer solía ofrecer siempre una moneda de un euro, pero ese día apenas sí había logrado reunir el suficiente para comprar algo de comida. La situación era delicada y triste para su alma extremadamente sensible y comprometida. Esta iba a ser la primera vez que faltaría a su promesa, con mucho dolor. En la puerta del templo un joven mendigo le pidió limosna a ella, que ni siquiera podía encender a sus queridas y fieles almas de la Iglesia Purgante una sola vela.

Estuvo rezando dentro del recinto sagrado tan sólo unos minutos, lamentándose, excusándose, pidiendo perdón, llorando... Cuando salió, el mendigo de antes le habló:

- Señora, vuelva a entrar y ofrezca el donativo y la Santa Misa como tiene por costumbre.

- No sé cómo se ha enterado usted de eso, y me da alegría que me anime a cumplir mi promesa... Pero hoy apenas tengo lo suficiente para comprar un poco de leche y verdura fresca- replicó Lola, *La Tizná,* sorprendida.

- No se preocupe, y no pierda la confianza en Dios. Mire, después de asistir a la Misa ofrecida por las Animas del Purgatorio, vaya a esta dirección y allí encontrará trabajo –insistió el joven mendigo dándole una tarjeta de visita.

Lola, *La Tizná,* vio sinceridad y esperanza en la mirada de ese hombre que no vestía como el resto de pordioseros con los que estaba habituada a convivir. En cierto modo pensaba que su pobreza era idéntica a la suya propia, que se trataba de un indigente con clase.

Al acabar la ceremonia religiosa se acercó al ábside dedicado a Nuestra Señora del Perpetuo Socorro y echó en la hucha de las ofrendas la moneda con la hendidura. Rezó una oración, se santiguó y después de una reverente genuflexión delante del Sagrario, abandonó el templo.

El edificio de la Delegación del Gobierno que se encontraba en la Avenida del Teniente Flomesta era el punto de referencia para localizar la calle y el domicilio indicados en la tarjeta de visita que le proporcionó el amable mendigo. Justo a unos cien metros de allí y por la misma acera llegaba al cruce que daba a la calle Ceballos. Solo tenía que buscar el hotel Arco de San Juan, y en la misma acera, el número ocho, cuarto piso, puerta C. Tenía que preguntar por Isabel Montoya Arnal.

Lola, *La Tizná*, llegó sin dificultad al lugar señalado e hizo sonar el timbre un par de veces. Tardaban en abrirle la puerta. Tal vez no haya nadie, pensaba. Y volvió a pulsar el timbre impaciente y con algo de incertidumbre.

Un par de minutos después abrió la puerta una señora que frisaría los cincuenta, vestida con bata de casa y tenía el pelo humedecido.

- ¿Qué desea?

- Buenas tardes, ¿Isabel Montoya?

- Sí, soy yo.

- Busco trabajo y me han dado esta dirección.

- Imposible, se habrán equivocado... Aquí no hemos solicitado servicio doméstico.

La sonrisa simpática que mostraba Lola La Tizná para dar buena impresión comenzó a apagarse ante la respuesta recibida. Había sido muy confiada en seguir el consejo de un joven desconocido que además era pedigüeño.

Isabel Montoya, que era psicóloga de profesión, muy receptiva y sensible ante los sentimientos y emociones de la gente, al percibir decepción y tristeza en la mirada de la visitante, se interesó por ella.

- Lamento no poder ayudarla. Tal vez si me dijese quien le ha proporcionado la información sobre el trabajo...

El hall de entrada era muy espacioso y las paredes estaban adornadas con recortes de prensa enmarcados y el retrato de un joven con uniforme de piloto. Lola, *La Tizná*, miró por encima del hombro de Isabel Montoya y reconociendo al joven del cuadro dijo con sorpresa:

- Mire, el muchacho que tiene usted en ese retrato fue quien me dio esta dirección...

- ¡Eso no es posible! Usted se ha confundido...

- Estoy segura de que es él... Sí, desde luego... No hace ni una hora que le vi.

- Y yo le digo que eso no puede ser... El joven de ese cuadro es mi hijo Fran y hace más de tres años que perdió la vida en un accidente de moto –respondió Isabel Montoya derramando unas lágrimas

- ¡Oh!, cuanto lo siento... De verdad, le acompaño en su dolor... Pero si no fue él se le parece mucho

Isabel Montoya invitó a Lola, *La Tizná*, a un aperitivo mientras hablaban del joven del cuadro.

- Mi hijo Fran era piloto de motociclismo, muy bueno. Ganó varias carreras, y los periodistas deportivos hablaban muy bien de él... Su padre y yo estábamos muy orgullosos de sus éxitos. Conservamos todos los recortes de prensa en los que aparece, hasta el día del accidente...- Isabel dejó de hablar un instante y sollozó, apenada por el recuerdo.

- Debió de ser terrible, perder así un hijo – la confortó Lola conmovida.

- Fue un gran golpe, pero mi marido y yo lo estamos superando... Y dígame, Lola, ¿dónde dice que vio al joven que le dio esta dirección?

- En la puerta de la Iglesia de San Bartolomé, pidiendo limosna...

Lola, *La Tizná*, le contó todo: desde lo más externo como era su situación precaria, hasta lo más íntimo como su devoción por las Benditas Ánimas del Purgatorio. Y cuando hubo acabado de hablar, Isabel Montoya que la había escuchado con suma atención dijo adulándola:

- Es usted una excelente persona...A las buenas cristianas no debería faltarles de nada, tendrían que ser recompensadas...

- También yo pienso lo mismo, aunque los designios del Señor son inescrutables... Y hasta ahora no me he quejado de mi desgracia, y me consuelan siempre las palabras "Dios proveerá"...

- Mi marido y yo no somos muy practicantes, pero la muerte de nuestro hijo en vez de alejarnos nos ha acercado más a la Iglesia, al menos nos acordamos de rezar... Quiero confesarle algo que ni siquiera le he contado a mi marido, ¿no le importa?

- En absoluto... Me halaga que confíe en mí que soy una desconocida.

- Ya no lo es... Usted ha abierto su corazón primero conmigo... Lo que deseo decirle es que creo ver a mi hijo, al menos sueño con él y me susurra palabras que son ininteligibles muchas veces, pero últimamente lo veía rodeado de fuego, un fuego inextinguible, y gritaba "¡Sufro! ¡Gozo! ¡Sufro! ¡Gozo!", así varias veces y me despertaba horrorizada... Creo que su visita no es casual, que de algún modo está relacionada con mi sueño

- Mire, Isabel, mi fe me dice que al Cielo van las almas limpias, purificadas, y si alguna tiene algo por expiar debe pasar por el Purgatorio donde recibirá la gracia de los sufragios ofrecidos por el resto de los fieles que aún seguimos en este mundo... Sinceramente, creo que su hijo necesitaba las gracias de esa Misa para acabar su purificación y gozar eternamente de la visión de los santos en el reino de los Cielos.

Isabel Montoya, después de la conversación con Lola, *La Tizná*, creyó justo ofrecerle trabajo doméstico, con el beneplácito de su marido que era médico oncólogo –por cierto, el mismo que atendía la enfermedad de Enrique Santillán-, a quien le expuso la conveniencia de tener una asistenta.

Capítulo 4

REGRESO A LA CASA DEL PADRE

En la iglesia de San Bartolomé se podía encontrar una gran colección de Imaginería murciana entre las que se encontraba la Virgen de las Angustias de 1740-1741 localizada en su Capilla privativa. También un conjunto escultórico obra de Francisco Salzillo y Alcaraz, al igual que la bella imagen del Patrón de los Plateros San Eloy, y otros como el del Santo Sepulcro obra de González Moreno que se localizaba en su respectiva Capilla.

Todos los feligreses y fieles visitantes colaboraban con sus aportaciones y donativos en el sostenimiento del templo el cual era considerado Bien de Interés Cultural, ya que se trataba de una construcción neoclásica del siglo XVIII, y conservaba la mayor parte de los pasos que salían en las Procesiones de Semana Santa.

Don César, uno de los coadjutores de esta iglesia monumental, se encargaba de la administración de la parroquia, contando el dinero obtenido en las ofrendas y colectas, y llevaba la contabilidad. Todos los días a las 20:30 horas vaciaba los cepillos y huchas y anotaba en un libro las cantidades depositadas por los fieles.

Don César se ofreció a hacerse cargo del asunto económico por sus más que sobrados conocimientos en la materia adquiridos cuando estudió Administración y Finanzas antes de entrar en el seminario para hacerse cura. Además, siempre había estado vinculado a esta parroquia, formando parte de la Cofradía del Santo Sepulcro desde antes de ordenarse.

La gente tenía una buena opinión del joven sacerdote al que encontraban muy cercano al pueblo feligrés. Tanto que hacían se olvidase él de su condición consagrada y participara en los asuntos temporales de sus parroquianos con una visión demasiado humanizada dejando a un lado lo trascendente o sobrenatural.

Últimamente, todo su fervor de Ministro de Dios estaba apagado, dejando relegados a un segundo lugar aquellos actos de piedad que ejercitara desde los tiempos en el seminario y hasta el pasado año. Era un siervo de Dios al que los feligreses veían delante del Sagrario haciendo oración, leyendo el Evangelio o un libro ascético, rezando el rosario ante la imagen de La Dolorosa y recitando los salmos del breviario... Pero ahora raramente se le veía en el recinto sagrado, salvo en las horas de los oficios religiosos: bautismos, bodas y funerales. Si bien, dichas ceremonias le competían a don Juan el Párroco por lo que don César sólo oficiaba las misas que tenía asignadas. Siempre estaba fuera de la parroquia, la mayor parte del tiempo frecuentaba los bares y lugares de ocio, en compañía de antiguos compañeros y compañeras de instituto, pretendiendo manifestar que él, después de ordenarse presbítero seguía siendo el mismo... Y esto era algo que chocaba con la mentalidad, no solo de los sacerdotes veteranos, sino también de los padres del joven cura.

En efecto, con toda esta actitud de sacerdote imprudente, Don César estaba experimentando una crisis vocacional, tan profunda que había decidido finalmente renunciar a su labor sacerdotal. Sin embargo, era un hombre dominado por los respetos humanos, preocupado por su imagen y prestigio personal, y pensaba hacerlo a escondidas. Así que ese día a la hora de costumbre vació huchas y cepillos, contó el dinero y tomó de él unas cuantas monedas sueltas con el fin de tener cambio para el viaje que había previsto. Con dos mil pesetas sería suficiente, pensó. Entre esas monedas se coló aquella deforme que echara Lola, *La Tizná,* en beneficio de las Ánimas del Purgatorio.

Don César fue hasta la parada de taxi que se encontraba junto al edificio del Banco de España en la Gran Vía cargado con un macuto, la bolsa que guardaba su portátil, y arrastrando una maleta con soporte de ruedas. A esa hora solo aguardaba un vehículo en espera de servicio, un mercedes clásico cuyo dueño se encontraba en su interior leyendo un libro. Al solicitar el joven sacerdote la asistencia del taxista, este dejó inmediatamente la lectura en la que estaba inmerso y le ayudó a colocar su equipaje en el amplio maletero de su coche.

- A la estación de Renfe, por favor –dijo don César acomodándose en el asiento trasero.

- Enseguida –respondió el chófer ajustando el taxímetro.

Don César vio que del espejo retrovisor colgaba un rosario y en el salpicadero destacaban la imagen de la Virgen de la Fuensanta y un crucifijo. Esos objetos religiosos expuestos en un lugar de servicio público le llamaron poderosamente la atención.

- Oiga,... ¿Es usted creyente? –preguntó al taxista.

- ¿Disculpe?

- He observado que es usted una persona devota sin prejuicios, al menos así lo parece, por el rosario y la imagen de la Virgen...

- Oh, sí, desde luego... Me ayudan a estar en presencia de Dios, y también quiero que las personas como usted, cuando suban a mi vehículo no se queden indiferentes.

- Ya veo, pero puede que alguien no creyente se sienta molesto, y al ser su taxi un servicio público... ¿No le ha ocurrido nunca un caso así?

- Hasta el momento no, pero ¿sabe qué le digo?, si alguna persona se sintiese herida al presenciar estos objetos piadosos la invitaría a bajarse de mi vehículo sin costo alguno...

Hubo una pausa. Las palabras del taxista le hicieron recordar al joven sacerdote sus primeros años en el seminario, su fervor y su ímpetu apostólico. Al igual que ese conductor se sentía con hambre de evangelizar a todo el mundo.

- ¿Tiene usted familia? ¿Está casado? –preguntó el taxista.

- No... Sólo una hermana que vive con nuestros padres.

- Yo sí, con una alicantina muy guapa, y tenemos seis hijos... mire, aquí en esta foto estamos todos – contestó el chófer mostrando una fotografía que llevaba en el parasol.

- Parecen muy felices, ¿verdad?... Es maravilloso tener a alguien que te quiera y te acompañe siempre – juzgó con nostalgia don César.

- Sí... ciertamente es gratificante tener a alguien con quien compartir los buenos momentos, y también un consuelo a la hora del sufrimiento, pero sobre todo ha de abundar el amor.

- Por supuesto, el cariño humano es necesario... Todos buscamos de algún modo el amor de nuestra vida: amar y ser amado es el deseo de cualquier persona que busca la felicidad.

- Estoy de acuerdo con usted, y además pienso que todo hombre, toda mujer, ha sido creado para eso, para el amor, y que le ha sido otorgado ciertos dones con el fin de alcanzarlo... Pero no hay amor sin sacrificio, sin renuncia...

- Veo que tiene las ideas claras sobre el amor... Es admirable encontrar personas como usted.

- Usted también parece una buena persona. Pocos están tan receptivos y atentos a escuchar algo tan sencillo como lo es el mensaje cristiano sobre la caridad que todos deberíamos conocer y vivir.

- Ciertamente es difícil hoy en día vivir así en este mundo –dijo don César desencantado.

- No vivimos para la tierra ni para nuestra honra sino para la gloria de Dios... Esto es lo que a mí me mueve –afirmó el taxista con efusión.

- Y a mí, sin duda... Pero también puede suceder que nos equivoquemos en la elección del camino a seguir cuando experimentamos la llamada de Dios –advirtió con autoconvencimiento el sacerdote.

- Yo pienso que más que equivocación es falta de generosidad, de entrega, de aceptación de la Voluntad de Dios.

- Está usted hablando de la vocación religiosa o sacerdotal, pero ¿y si alguien que experimentó esa llamada de entrega al estado virginal o célibe siente inclinación a formar una familia, como la que usted tiene? No creo que a Dios le disguste, e incluso puede igualmente ser una llamada suya.

- Pues yo estoy seguro de que la vocación al estado religioso o célibe es un don de Dios, como lo es la llamada al matrimonio, porque tanto una como otra implican donación, entregamiento del ser al amor de otra persona... Sin duda alguna que el corazón del hombre ha sido creado para amar, y el amor es entregarse... Mire, en mi caso, yo tengo un solo pensamiento, vivo únicamente para la mujer que amo pues ya no me pertenezco, mi alma y mi corazón son suyos... Y todo lo que hago tiene un único fin: hacer la voluntad de Dios. Amo a mi mujer y a mis hijos por amor de Dios.

Las palabras del taxista parecían tan profundas y convincentes que a don César le llegaron a intranquilizar por momentos.

- Oiga, amigo, ¿cómo está seguro de que Dios le llamó para formar una familia? Tiene usted el don de la palabra, propia de los misioneros y predicadores –dijo el sacerdote con admiración.

- Todos tenemos alma de evangelizadores... Le contaré algo personal. Yo quise ser sacerdote desde muy joven y lo hablé con mi confesor que me aconsejó realizar unos ejercicios espirituales para meditar sobre ello. Y allí, en la presencia de Dios, delante del Sagrario, sentí que el Señor me pedía otra cosa. Necesitaba hombres y mujeres dispuestos a formar familias cristianas generosas en la procreación y multiplicación de los hijos de Dios... No sé si entiende lo que quiero decir... Pero desde entonces supe que Dios me llamaba para el matrimonio, y estoy seguro de que nos otorgó a mi mujer y a mí de una gracia especial o vocacional para ser fieles a nuestro compromiso nupcial, a nuestro compromiso de amor y entrega... Yo considero ciertamente triste echar un amor por la borda cuando se es infiel. Da lo mismo el amor que se trate, uno puede llegar a la infidelidad tanto si se trata de un amor humano como divino si lo descuida por falta de confianza, por egoísmo... ¡Bueno, ya estamos llegando!

Desde la ventanilla del automóvil se divisaba el letrero luminoso de la estación de RENFE de Murcia del Carmen. Estaban a punto de coger el carril que llevaba a la parada de taxi.

- Dé la vuelta, por favor – solicitó de repente don César.

- ¿De regreso? ¿Ha olvidado algo?

- Sí... recapacitar sobre lo que iba a hacer... Yo soy uno de los sacerdotes de san Bartolomé que iba a cometer una locura, pero usted me ha abierto de nuevo los ojos, me ha hecho comprender algo que debería saber como ministro del Señor, sobre nuestra razón de ser y el verdadero Amor... Le doy gracias a Dios por su benevolencia y a usted por ser el instrumento que Él ha escogido para salvaguardar mi vocación... gracias.

- Me alegro de corazón que le haya ayudado con mis palabras a reconsiderar su decisión... Ya ve, Dios obra a través de nosotros grandes maravillas sin que nos percatemos de ello. De haber sabido que usted era sacerdote, probablemente no me hubiese atrevido a hablar como lo he hecho- respondió el taxista sorprendido pero con un brillo de satisfacción en sus ojos.

Cuando regresaron al lugar de partida el joven sacerdote no podía abandonar el taxi sin conocer el nombre de la persona que tan bien le había reconducido por el camino recto.

- ¿Cómo se llama usted, buen hombre?

- Juan de Dios

- Yo me llamo César... ¿Cuánto le debo por el paseo, Juan de Dios?

- 300 pesetas... Solo le cobraré el trayecto de ida.

- Muy bien... tenga 400 pesetas, ¿le importa que se las dé en monedas?

- En absoluto. Me vendrán bien para el cambio...

- Quédese con las vueltas.

- Gracias.

Don César le entregó las monedas que había tomado de las huchas y cepillos de las colectas, entre las que se hallaba aquella inconfundible moneda que tenía una hendidura.

Capítulo 5

LA LUNA AL ALCANCE DE LA MANO

La familia del taxista Juan de Dios Arce a pesar de todo era muy feliz. Vivían en el barrio de La Flota en una vivienda de dos plantas con garaje propio y trastero. Era un dúplex de noventa metros cuadrados como tantos otros de la zona, con cuatro dormitorios, baño, cocina, salón-comedor y terraza, por lo general habitable para cinco personas. Pero la familia numerosa de Juan de Dios compuesta por su mujer Adelina, su suegra Rosario, cuatro hijos varones y dos hijas, ha tenido que acoplarse al espacio limitado para ellos colocando una litera en un dormitorio donde dormían tres de los niños. Luego, estaba la habitación que ocupaban las niñas, la de matrimonio para los padres y quedaba el dormitorio de la abuela que pasaba las noches en duermevela con Jacinto, el cuarto de sus nietos que padecía un tumor cerebral.

A pesar del elevado costo que suponía mantener una familia numerosa, aún del sacrificio y el sufrimiento que conllevaba el cuidado diario de un enfermo terminal o casi desahuciado por los médicos sin ningún atisbo de esperanza, eran muy felices porque vivían confiando plenamente en la Providencia divina. Todo lo ponían en las manos de Dios, y cuando se presentaban los peores momentos en que Adelina parecía hundirse, su madre Rosario, que a todas horas estaba rezando, la alentaba con palabras como *"No te preocupes, apóyate en los brazos de Cristo"*, *"Hija, Dios proveerá"*, y su marido Juan de Dios la consolaba:

- Todo es para bien, cariño.

A los niños su padre les repetía constantemente ese dicho de que "no hay mal que cien años dure" que él mismo interpretaba como *"no hay mal que bien no traiga"* y *"no hay obstáculo que con la ayuda de Dios no se pueda superar"*.

Y lo cierto era que hasta el momento habían logrado sobrellevar con entereza y dignidad la enfermedad de Jacinto, quien permanecía prácticamente anestesiado a base de morfina para paliarle el dolor que debía ser insoportable. La semana anterior le realizaron las últimas pruebas definitorias, y permanecían esperanzados con el informe del diagnóstico médico.

El sábado Juan de Dios solía dar la paga semanal a sus hijos como premio a su esfuerzo por aprender en la escuela y a la buena conducta y aprovechamiento del tiempo, también en casa. Y les alentaba a que fueran ahorradores, pues tenía la seguridad de que si a esa edad temprana lograba inculcarles el valor de las cosas y del sacrificio que hay que hacer para conseguirlas, el día de mañana serían personas responsables en la administración de los bienes y procurarían evitar moverse por el capricho y el despilfarro. A todos sus hijos los consideraba mayores y aptos para recibir el estipendio, incluso a Carlitos que ese año había comenzado a estudiar Primero de EGB, y a quien ofreció una moneda de cien pesetas.

- Toma, Carlitos, tu primera paga... A ver si consigues ahorrar este curso tanto como tus hermanos su primer año.

- Gracias, papi.

Carlitos cogió la moneda sin reparar que tenía una pequeña deformidad, y fue a su cuarto donde estaba Nicolás, su hermano de doce años, a quien se la mostró exultante de alegría.

- Mira, Nicolás, papi me ha dado mi paga como a los demás.

- ¡Qué bien!... Ahora podrás ahorrar para comprarte el balón de la *Champion.*

El pequeño Carlitos era muy aficionado al fútbol y jugaba en los pre-benjamín de la Escuela Deportiva de La Flota. Por la fiesta de Los Reyes Magos le regalaron la vestimenta de su equipo favorito el Real Madrid, el mismo que el de su padre y el de su hermano Nicolás. Sin embargo, se había encariñado con el balón de la serie de la Liga de Campeones, cuyo precio era considerado por Juan de Dios bastante desorbitado en aquellos momentos.

El lunes siguiente volvieron a ingresar a Jacinto en el Hospital Virgen de la Arrixaca por un empeoramiento. El equipo médico que le atendía con tanta delicadeza y ternura reveló su pesimismo ante el avance del tumor augurando la inminente muerte del niño. Sólo había un cinco por ciento de esperanza de recuperación si se le extirpaba el tumor, y la operación resultaba ser muy complicada, hasta el punto de que podría acarrear la muerte del niño durante la misma. Y aun, después de que fuera extirpado el tumor no había garantía de sanación.

- Solo cabe una posibilidad para que se realice con éxito la operación quirúrgica, y ello pasa por acudir a la Clínica Universitaria de Navarra donde verdaderamente se efectúan este tipo de operaciones con un elevado porcentaje de resultados satisfactorios – les dijo con franqueza a Juan de Dios y a Adelina, el doctor Montalbán que era el Jefe del Equipo Médico de Cirugía.

- Si es así, ¿por qué no lo trasladan allí?... ¿A qué esperan? – preguntó angustiada la madre de Jacinto.

- Es una clínica privada y la Seguridad Social no tiene suscrito con ella ningún concierto médico en materia de cirugía... Me temo, que el coste de la operación sería demasiado elevado. Tendrían ustedes que correr con todos los gastos.

- ¿Cuánto puede costar doctor? –preguntó Juan de Dios

- Una operación así sobrepasa los quince millones de pesetas

- ¡Oh!... ¿De dónde vamos a sacar tanto dinero, Juan de Dios?

- No lo sé... Ni siquiera nos darían un préstamo hipotecario por un tercio de ese valor... Solo cabe esperar con resignación y que sea lo que Dios quiera –respondió consternado el marido de Adelina.

Por la tarde, en casa del taxista volvieron a hablar sobre el asunto con los niños delante. Juan de Dios consideraba conveniente no ocultar a sus hijos la realidad de la muerte que tarde o temprano vendría a visitar a su familia, y quería fortalecerlos para que estuviesen preparados llegado el momento. De sus labios a diario brotaban las palabras aprendidas del profeta Isaías: *"el Señor es nuestro Juez, el Señor es nuestro Legislador, el Señor es nuestro Rey; Él es quien nos ha de salvar".* Y a sus hijos les repetía, asegurándoles que era el mejor modo para conseguir la paz en su interior, aquella oración aprendida de un santo moderno: *"Hágase, cúmplase, sea alabada y eternamente ensalzada la justísima y amabilísima voluntad de Dios, sobre todas las cosas. Amén".*

- Papá, ¿entonces la enfermedad de Jacinto no tiene cura? – preguntó Juan Pablo, el hijo mayor del taxista.

Juan de Dios miró a su hijo y luego a su mujer, y al ver la tristeza de ésta en sus ojos, omitió un no por respuesta.

- ¿Se va a morir Jacinto, papi? –preguntó el hijo más pequeño.

- Solo un milagro puede salvar a tu hermano.

Los hijos de Juan de Dios y Adelina iban caminando juntos al colegio, guiados por Ruth, la mayor de sus hijas que era la más madura y responsable de todos ellos a juicio de su madre. Y ciertamente que lo era, algo más que Juan Pablo que era incapaz de volver a casa sin entretenerse cada vez en el kiosco de la esquina para mirar los comics, las revistas de motos o comprobar si había llegado algún coleccionable nuevo. Ruth siempre le estaba llamando la atención:

- ¡No te pares, Juan Pablo! ... Se lo voy a decir a mamá.

Y su hermano mayor replicaba sin inmutarse:

- Espera... Ahora sigo.

Pero lo cierto era que sólo recibía una leve regañina de su madre que poco o nada le inquietaban.

Sin embargo, a la salida del colegio del martes, cuando Ruth fue a agrupar a sus hermanos pequeños, advirtió que faltaba Carlitos. Fue a mirar en su clase pero no estaba. Tampoco en las aulas contiguas, ni en los aseos, ni en el patio interior. Preguntó al conserje y este le contestó que ya hacía rato que salieron los de primer curso. Obviamente preocupada, pues era esta la primera vez que Carlitos se extraviaba, Ruth instó a sus otros hermanos para que la ayudasen en la búsqueda del benjamín.

Dos calles más abajo se encontraba la farmacia de la Licenciada Teresa Ortuño abierta 24 horas, y que Carlitos conocía porque había acompañado en más de una ocasión a su madre después de visitar la consulta del médico de familia. El niño sabía que en la farmacia se podían comprar los medicamentos que estos recetaban para mejorar la salud de sus pacientes. Así que decidió buscar ahí el remedio de la enfermedad de su hermano

Jacinto. El pequeño empujó la puerta e hizo sonar las campanillas que colgaban del techo. Una auxiliar estaba despachando a un señor mayor, con barba rasa y entrecana, bien vestido con chaqueta y corbata. Inmediatamente salió la farmacéutica y sorprendida de ver solo al hijo menor de Adelina, le preguntó:

- Hola, Carlitos, ¿qué haces aquí tú sólo? ¿No te habrás perdido?

- Vengo a comprar la medicina para mi hermano Jacinto.

- ¿Cuál, guapo?

- Quiero comprar un milagro... Dice mi papi que solo un milagro puede salvar a Jacinto–solicitó el niño depositando en el mostrador la moneda de cien pesetas.

La auxiliar de farmacia escuchó perpleja la petición de Carlitos y dijo con ternura:

- ¡Atiende qué lástima!

Teresa Ortuño también se enterneció.

- Cariño, ojalá pudiera ofrecerte un milagro... te lo daría gratis.

Al hombre de la barba rasa y entrecana que aún permanecía en la farmacia le hizo gracia el asunto. La farmacéutica sabía que ese distinguido cliente era el doctor Meseguer, prestigioso médico, profesor de Cirugía en la Universidad de Pamplona, y le habló de la enfermedad de Jacinto. Después de escucharla con sumo interés, el doctor Meseguer cogió la moneda que Carlitos había dejado en el mostrador y le pidió al niño que le condujese a su casa para conocer a su familia, especialmente, a Jacinto.

Los hermanos de Carlitos andaban desesperados buscándole cuando, al fin, Ruth lo vio caminando por la acera y le riñó cariñosamente sin reparar en el caballero que le seguía. Después de saludarla y advertirle quien era él y lo que pretendía, fue Ruth quien acabó por conducirlo a su casa muy animosa, olvidándose del disgusto por el extravío de su hermanito.

Ya en el hogar de Juan de Dios la presencia inesperada de tan acreditado doctor fue como un rayo de esperanza, como una respuesta alentadora a las incesantes plegarias que fervorosamente alzaban al Cielo todos unidos en torno al dolor y sufrimiento de Jacinto.

- Me encargaré personalmente de tramitar el ingreso de su hijo en la Clínica Universitaria... Ustedes no tienen que preocuparse por nada... burocrático, quiero decir. Desde luego, el estado en que se encuentra el niño es crítico, pero les aseguro que no irremediable... Pueden confiar en que haré todo lo que pueda por su curación –dijo optimista el cirujano.

- Se lo agradecemos de todo corazón, pero no podemos hacer frente al costo de la operación que, según nos informó el doctor Montalbán, no se hace cargo la Seguridad Social –respondió lamentándose Juan de Dios.

- No se preocupe, la operación ya ha sido pagada.

- ¿Qué? – exclamó asombrada Adelina.

- ¿Cómo? ¿Quién...? –preguntó desconcertado el taxista.

- Su hijo pequeño, Carlitos, se ha encargado de realizar el pago –explicó el médico enseñándoles la moneda que le diera a Carlitos su padre- El crío entró en la farmacia donde me encontraba a comprar un milagro con cien pesetas. Me hizo gracia tal petición llena de inocencia y sencillez... Fue como pedir la luna. Si hubiese pedido la luna, no habría podido satisfacer su deseo porque no estaba al alcance de mi mano, pero *"un milagro"*... Ya ven. Con agrado se lo he concedido.

Capítulo 6

THE KILLER OF THE PARK
(Guardaespaldas angélicos)

Silvia Meseguer estaba haciendo el equipaje pues en pocas horas saldría su vuelo hacia Londres donde estudiaba Bachiller Internacional. Tenía preparada una lista guía para viajes porque, además de ser buena estudiante, disciplinada, metódica e inteligente, era muy ordenada y previsora.

Por un lado, llevaría la maleta con el equipaje a despachar que contenía la ropa para los próximos seis meses: ropa interior, dos pares de medias, dos juegos de pañuelos, un pijama, un par de camisas, un par de pantalones, dos jerséis, zapatillas, zapatos de color burdeos, prendas deportivas y el uniforme escolar reglamentario. También el material de higiene personal, entre los que se encontraban el cepillo y la pasta de dientes, shampoo, desodorante, perfume y un repelente de insectos. Y algunos objetos prácticos, como un cortaúñas, una pinza, un reloj despertador, una linterna y un paraguas.

Por otra parte, llevaría la mochila o equipaje de mano que contenía documentos personales (documento de identidad, billete de vuelo, algo de dinero...), medicamentos habituales como analgésicos, antiácidos, apósitos y laxante, y algunos objetos de uso diario: cepillo para el cabello, pintalabios, gafas de sol, móvil, cámara de fotos y cargador, pañuelos, notebook... y, curiosamente, una cajita donde guardaba, como si de un amuleto se tratase, la moneda que su padre dejó olvidada junto a un juego magnético de damas –a la que ella era muy aficionada- sobre la estantería de libros de literatura y medicina en el pequeño rincón de estudio habilitado, pero apenas usado, de su elegante y acogedor hogar...

La casa de Julián Meseguer no era suntuosa pero sí llamativa por la opulencia y el diseño clásico de estilo inglés resaltando entre las que se asentaban en el Complejo Urbanístico Los Sauces, en el extrarradio de la capital navarra. Dicha vivienda estaba totalmente revestida en madera, con balconcitos, torres de techos a dos aguas -con la infaltable veleta- y amplias galerías abiertas al exterior que invitaban a disfrutar de un *five o'clock tea* frente al jardín alfombrado de verde césped, con blancas rosas y madreselvas siempre en flor. No faltaban la típica fuente y estatua, un estanque con su puente en construcción, un pabellón hexagonal semejante a un Templo romano, y abundante vegetación silvestre. Quien se adentraba en los jardines de la residencia del doctor Meseguer tenía la sensación de encontrarse en un paisaje auténticamente anglosajón.

Los turistas y habitantes foráneos, así como los ciudadanos navarros que desconocían la identidad de su propietario, cada vez que se referían a ella la nombraban como la *villa del inglés*. Quizá fuera así porque el arquitecto que llevó a cabo el diseño y la construcción de la casa y su exterior, Edward Hopper, era británico, y además amigo íntimo de Julián Meseguer. Ambos se conocieron en una residencia de estudiantes en Columbus, Ohio, cuando disfrutaban de sendas becas del Fondo Europeo para cursar estudios fuera de sus países de origen. Edward Hopper estudió Arquitectura en la Universidad de Columbus y Julián Meseguer cursó Medicina en la Universidad de Cincinnati. Al término de sus estudios, los dos amigos continuaron manteniéndose en contacto, generalmente, por correo electrónico, y con cierta periodicidad se invitaban a pasar unos días en compañía de sus familias: en las épocas calurosas el médico visitaba Londres, y en los periodos más gélidos era el arquitecto quien viajaba a España.

La relación entre estos dos amigos había trascendido incluso entre los miembros de sus respectivas familias. Edward Hopper vivía con su esposa Mary y sus dos hijas, Mary Ane y Rose, las cuales habían intimado profundamente con Silvia, la hija mayor de Julián Meseguer, que había sido acogida con agrado por la familia del arquitecto para pasar su estancia en la capital británica mientras cursaba sus estudios.

Silvia Meseguer era buena amiga y compañera inseparable de Mary Ane. Aunque si algo había que destacar de la hija del cirujano era su piedad sincera, adquirida en su ambiente familiar desde la más temprana infancia, gracias al loable ejemplo de sus padres que siempre habían velado por su formación humana y religiosa. La joven, por encima de todo, era muy respetuosa con la libertad de los demás, especialmente con la de su amiga que era anglicana, como sus padres, y nunca la coaccionaba con los argumentos incuestionables de una verdad que, aunque la consideraba auténtica, sabía que también otras profesiones de fe contenían buena parte de ella. Eso sí, la animaba siempre a buscar la única Verdad que, le aseguraba, ella poseía. Sobre todo, le manifestaba su devoción por los Santos Ángeles a los que se dirigía cada mañana al levantarse y por la noche al acostarse. Mary Ane aprobaba esa actitud encomiable de su amiga, e incluso trató de imitarla porque pensaba que no infringía ella misma ninguna incorrección reprobable por el Muy Reverendo y Muy Honorable Williams Brooks, Arzobispo de Canterbury. Aunque ello duró muy poco tiempo, porque le parecía verdaderamente extraño dirigirse a unos seres invisibles que no fueran el Dios Omnipotente al que sí le rezaba en determinadas ocasiones, algunos domingos y días festivos. Por lo general, Mary Ane era muy escéptica con los actos religiosos señalados en otras comunidades ajenas a la Iglesia Anglicana...

Cuando acabó de hacer su equipaje, Silvia conectó *Euro news* en el televisor para conocer, sobre todo, el tiempo que haría al llegar. La previsión era de 18º y niebla, por tanto tendría que llevar a mano también una rebeca o chal de abrigo. Y antes de desconectar el aparato de televisión pudo escuchar una noticia de lo más preocupante y aterradora: «*Otra joven asesinada en un parque. La pasada noche una chica de diecinueve años, estudiante de Biología, se convirtió en la decimo cuarta víctima del asesino del parque (The killer of the park). Fue hallada por un barrendero dentro de uno de los contenedores de basura ubicados en Kew Gardens. La víctima fue apuñalada y violada, como las anteriores, y en su pecho descubierto tenía el pétalo rojo de una rosa que, según fuentes de la policía científica de Scotland Yard, se trata de la firma del asesino, un sello personal con el que quiere dejar constancia de sus crímenes*».

Como aún le sobraba tiempo para la salida de su avión, Silvia lo aprovechó para visitar la capilla del Apóstol Santiago donde estaba expuesto de forma permanente para su adoración Jesús Sacramentado. Quería despedirse de su Señor, encomendándose a Él y a sus ángeles para que la guardasen y protegiesen de todo mal –especialmente de ser atacada por el asesino del parque- durante su estancia en Londres.

A la salida de la capilla, Silvia fue abordada por una señora que ofrecía un folleto de carácter religioso.

- Señorita, ¿quiere colaborar con la Obra de los Santos Ángeles?... Tan sólo cuesta ochenta pesetas y la voluntad.

La muchacha leyó en la primera página *Opus Sanctorum Angelorum*... Boletín informativo nº 13... La acción de los ángeles en el mundo... No estamos solos...

- No sabía que existiera esta Institución... Me parece muy interesante –dijo Silvia adquiriendo un ejemplar por cien pesetas.

- Muchas gracias... Ahí encontrará información sobre la actividad desarrollada por sus miembros en todos los rincones del mundo. También aparecen las direcciones y teléfonos de las sedes principales en Europa que se encuentran en Madrid, en Roma, en Lyon y en Londres.

- ¿Londres? Eso sí que me interesa. Ahora mismo iba al aeropuerto a coger un vuelo hacia allí... Creo que me pasaré por la sede.

- Hará usted bien, señorita... Que los ángeles la acompañen y tenga buen viaje.

Silvia pensaba que era un acto providencial la oportunidad de conocer una organización que se dedicara a la devoción y trato con los ángeles a los que ella desde siempre les había rezado. Aún más, estaba segura de que era una llamada divina, y la afianzaba todavía más en su fe y fervor hacia esos seres espirituales.

Al cabo de un mes de estancia en Londres, Silvia Meseguer había conseguido localizar la sede de *Opus Sanctórum Angelorum*, y después de obtener la información necesaria pensó que también ella podría llegar a ser miembro activo en la misión de dicha asociación. Por el momento tenía el programa de actividades para los próximos meses y había decidido participar en todos los que el calendario escolar le permitiese, o sea, los que tendrían lugar en fines de semana.

Se lo contó a su amiga Mary Ane, que seguía mostrando su incredulidad ante la existencia de los ángeles. Silvia aprovechaba los desplazamientos hacia el Instituto para instruir a su amiga, o al menos, mantener con ella un diálogo de preguntas y respuestas sobre cuestiones relativas a la doctrina católica y la diferencia y similitud de esta con la enseñada en otras religiones, especialmente, la que profesaba Mary Ane.

Ese día, viernes por la tarde, Silvia tenía previsto asistir a la sesión formativa organizada por el Centro de *Opus Sanctórum Angelorum.* Como siempre, había invitado a su amiga, pero esta no se mostraba nada interesada. Y a la salida de University School of London, la Escuela Superior donde estudiaban, una vez más Mary Ane se sinceró con Silvia.

-Me gustaría creer como tú en los ángeles -le dijo- pero lo cierto es que todos deambulamos por este mundo guiados por nuestro instinto de supervivencia y el destino que Dios ha forjado para cada uno... Quiero pensar que tú y yo estamos predestinadas para el Cielo, pero no creo en las acciones buenas ni en la ayuda de criaturas espirituales, porque nada de eso cambiará nuestro destino.

- ¡Oh, no!... Estás en un error, Mary Ane –replicó Silvia- Cada cual se labra personal y libremente el camino de su salvación, y para ello debe obrar siempre el bien, o al menos, tener la humildad de reconocer sus errores y querer rectificar el rumbo de su vida cuando éste se haya desviado, que será lo normal. Y para esa misión están los ángeles... Créeme, sin su ayuda, estaríamos perdidos.

- El Reverendo Father Clifford nos alienta a recitar y cantar los salmos porque eso agrada a Dios, y nos asegura que lo importante de todo es no perder la fe. Tened fe, nos dice, creed en Dios y seréis salvos. Confiad en Él, porque vuestros nombres están escritos en el Libro de la Vida. No importa el mal que hayáis hecho, pues Dios que es Misericordioso no tendrá en cuenta vuestros fallos... Pero, eso sí, tened fe... ¿Acaso los católicos ignoráis la importancia de esta virtud para la salvación de vuestras almas que necesitáis apoyaros en esas criaturas más que en el Creador?

- Pero, Mary Ane, desde luego que sabemos que la fe es necesaria para salvarse. En esto te doy la razón, pero creer solo no basta... A mí me han enseñado que una fe sin obras es una fe muerta... ¿Cómo demuestras tú que quieres salvarte, ir al Cielo?

- ¡Pues creyendo en Dios, por supuesto! – aseveró con convencimiento, Mary Ane.

- Y, ¿cómo sé yo que eso que dices es cierto?... Tendría que tener también fe en ti, como la tengo en Dios...Y, ¿sabes?, yo creo en ti porque eres mi mejor amiga y creo que haces cosas buenas...

- Yo también tengo fe en ti, Silvia. Creo que eres una buena persona y que estás predestinada para el Cielo... Pero creo en ti porque te conozco, veo como eres, y aunque tengas otra creencia distinta a la mía, sé que por eso no vas a dejar de estar predestinada para la Vida Eterna... Lo sé.

- Me halaga que pienses eso de mí, pero el que yo sea católica no me hace ser mejor persona que tú, y aún creyendo que yo estoy en la verdad, no por ello tengo asegurada mi salvación... Ni tú tampoco la tienes, aunque pienses que estás en la verdadera religión.

- Lo que yo crea es indiferente, pues al fin y al cabo, haga lo que haga, mi destino ya está escrito... Y el tuyo también, Silvia –afirmó Mary Ane que revelaba cierto aire conformista.

- Entonces, según tú... me viene ahora a la memoria... el asesino ese del parque, haga lo que haga, ¿está predestinado al Cielo o al Infierno? Porque tú crees en el Infierno, ¿no?

- ¡Ése hombre es un ser horrible! ... ¡No debería vivir!... Me daría mucho miedo tropezarme con él – exclamó Mary Ane con una sacudida de estremecimiento.

Silvia, que miraba a su amiga en silencio esperando afablemente la respuesta a su doble pregunta, también sintió esa misma sensación de escalofríos.

- Ese asesino se merece ir al infierno. Y es allí donde debe estar... ¡Ojalá lo atrapen pronto!- añadió finalmente Mary Ane con un suspiro.

Hubo un silencio. De repente, oscureció tras una ráfaga destemplada de viento que arrastró un puñado de hojas secas bajo los pies de las hayas y olmos ubicados en los márgenes de la calzada. Era como si el haber mencionado a ese *killer* aterrador la misma naturaleza respondiese repentinamente con la oscuridad y el frío. Pero lo cierto era que en otoño y siempre a esa hora la luz del atardecer se difuminaba dejando paso a la claridad artificial de las pomposas farolas que regias calzaban, junto con esos solemnes árboles caducifolios, Garden Street, la calle de University School of London.

- ¿Ves, Mary Ane? – adujo Silvia con una sonrisa triunfadora- cómo tú también piensas que las personas son merecedoras de premio o castigo por sus actos, si estos son buenos o malos... En el fondo manifiestas un deseo porque exista una Justicia divina.

-No es eso...Es que creo que unos seres tan horrendos como él no pueden tener un destino mejor... Si le pedimos al Reverendo Father Clifford que opinase, seguro que su respuesta será que ese asesino está predestinado al eterno sufrimiento –se justificó Mary Ane.

- Hablas como si ese reverendo vuestro fuese la voz de Dios y tuviese la potestad de revelar el juicio sobre las personas y el lugar al que están predestinadas... Me temo que anda confundido y errado en la interpretación de la Biblia y las palabras de Jesús tan llenas de amor y misericordia... Pero, dejémoslo Mary Ane. Ya tendremos ocasión de seguir hablando. He de tomar el autobús.

Ya habían llegado al cruce donde terminaba la calle y ambas amigas tenían que separarse. Pero antes, Mary Ane pidió a Silvia que le prestase dos libras que le faltaban para comprar el último número de la revista *Seventeen* en el kiosco que le pillaba de camino a casa.

-No sé si las tengo, Mary Ane... Suelo llevar lo justo para el bus y poco más –dijo Silvia hurgando en su bolso- No... Lo siento, sólo te puedo dejar una libra

- No es suficiente... ¡Qué fastidio!

- Creo que exageras... Puedes comprarla mañana

- Puede que mañana sea demasiado tarde y se agoten... ¿De verdad que no tienes ni siquiera media libra más?

Silvia volvió a buscar para complacer a su amiga, pero estaba segura de no llevar más dinero encima. Aunque se dio cuenta de que eso no era cierto del todo, porque dentro del bolso llevaba la cajita con la moneda hendida que guardaba como un objeto valioso.

- Más libras no tengo, pero si te sirve esta moneda deformada de cien pesetas...

- ¡Estupendo!... Creo que el dueño del kiosco acepta también moneda española- exclamó Mary Ane aliviada cogiendo la moneda sin darle importancia a su malformación.

Mary Ane despidió a Silvia subida en el autobús de la línea 757 y después caminó sola hacia su casa, que se encontraba a veinte minutos de la Escuela Superior, atravesando el jardín público Russell Square. Pero antes, se detuvo en el kiosco donde solía comprar su revista favorita.

-Buenas tardes, señor Bergantiños... ¿Le queda algún ejemplar de la revista Seventeen?

-Buenas tardes, Mary Ane... Sí, creo que aún me quedan dos...

Mary Ane adquirió la revista cuyo precio era de 19 libras y cincuenta peniques, y el kiosquero aceptó sin ningún problema las 19 libras y las cien pesetas que llevaba la muchacha.

Rafael Bergantiños era un emigrante español, oriundo de La Coruña, y se jactaba o presumía de haber nacido en Iria Flavia, la misma localidad donde nació el ilustre escritor y premio Nobel don Camilo J. Cela. Sin embargo, eran muy pocos los que ahí en Londres, donde se encontraba, verdaderamente habían oído hablar –y menos aún leído- algo del literato gallego. Pero, con todo, Rafael Bergantiños se sentía orgulloso de ser paisano suyo.

Mary Ane se adentró en Russell Square ojeando la revista a la luz nítida de las farolas, tanta avidez tenía por leer o mirar las fotos. Este número de Seventeen publicaba una entrevista en exclusiva con Freddy Mercury, líder del grupo musical de la actualidad londinense Queen, y del que Mary Ane era una fan incondicional.

A una distancia de 15 metros, junto a un rosal trepador, un hombre vestido de forma extravagante la estaba observando. Cuando Mary Ane se percató de su presencia, dejó de ojear la revista y aligeró el paso revelando cierto temor en su mirada inocente. A medida que se aproximaba al sujeto, ella podía sentir los golpes de su propio corazón latiendo cada vez más aprisa. El hombre, que llevaba pantalón rojo, camiseta blanca con rayas negras y chaqueta blanca con una rosa roja en la solapa, hizo ademán de cortarle el paso, pero de repente se detuvo. La chica al pasar por su lado le saludó, disimulando su miedo. El hombre de rostro alargado y huesudo la miró un instante. Su boca apretada de labios hundidos esbozó una sonrisa forzada y luego la apagó, desviando la mirada a ambos lados de Mary Ane. Parecía ciertamente intimidado. Era algo extraño, como si el misterioso sujeto mostrara a su vez respeto y temor ante la joven que pasaba por su lado. Finalmente, Mary Ane siguió su camino alargando el paso. Quería llegar a casa cuanto antes.

Por la mañana Silvia despertó a Mary Ane que se acostó tarde inmersa en la lectura de su revista.

- ¡Vamos, dormilona!... El desayuno te llama –dijo bromista la amiga española.

- ¡Hummm! ¿Qué hora es?-preguntó Mary Ane desemperezándose.

- Ya son casi las once.

Mary Ane bajó a desayunar en pijama. Su hermana Rose y Silvia ya estaban saboreando el delicioso bizcocho que la señora Hopper había hecho. Edward Hopper se encontraba acomodado junto a la chimenea de leña, fumando en pipa con el televisor encendido, pero estaba más pendiente de la lectura de una revista de arte y ciencia. Siempre solía hacerlo. Aprovechaba las mañanas de los sábados y domingos para leer artículos sobre arte y arquitectura en alguna revista especializada. La señora Hopper, mientras tanto, estaba en la cocina preparando la comida.

En el preciso instante en que Mary Ane iba a sentarse para dar también buena cuenta del bizcocho, saltó a la pantalla del televisor una noticia de última hora: *"La policía de Scondland Yard, alertada por un taxista de la zona, detuvo anoche en el entorno de Rusell Square a Wendell Abbs, identificado como el presunto asesino del parque. El hombre, de 34 años de edad, llamó la atención de Patrick Lee que había acudido a una llamada de servicio que le hizo Brenda Stone, una estudiante de Veterinaria que fue hallada muerta en las mismas circunstancias que las anteriores víctimas atribuidas al asesino del parque. Cuando el sospechoso salió del jardín por Guilford Street fue deslumbrado por la luz larga de los faros del vehículo del taxista, quien afirma que ese hombre surgió y desapareció de repente, y que llevaba su chaqueta teñida de color rojo..."*

- Es una noticia estupenda- dijo Silvia- Ahora podremos salir a los jardines sin temor, Mary Ane... ¡Mary Ane! ¡Estás pálida!... ¿No te alegra la noticia?

- Hija, ni que hubieras visto un fantasma... ¿te encuentras bien? –dijo preocupado Edward Hopper.

- ¡Yo me tropecé ayer con ese hombre! –reveló Mary Ane con voz trémula

- ¡Qué dices!... ¿Estás segura?- exclamó Silvia asombrada.

- Sí... Pero no me dijo nada, y me miró de un modo extraño... ¡Oh, papá, es horrible!

- ¡Es un milagro!... – soltó el padre de la joven.

Edward Hopper se levantó de su sillón, dejó la revista que estaba leyendo en una mesa de centro de color cerezo y tapa de cristal, y se acercó donde las chicas estaban desayunando. Se puso frente a Mary Ane y agarrándola por los hombros la reprendió:

- Es un milagro que estés viva, hija, si, como dices, te topaste con ese asesino... ¿Qué hacías en Rusell Square tú sola?

- Yo... quería atajar, quería volver a casa acortando el trayecto... ¡Lo siento papá!

Cuando la Señora Hopper dejó la cocina y entró donde estaban los demás, tal vez alertada por oír hablar tan gravemente a su marido, su hija Rose le dijo sin pensarlo, aunque sin malicia, con la ingenuidad de una niña de doce años:

- Oh, mamá, Mary Ane, pudo haber sido también una de las víctimas del asesino del parque.

Silvia golpeó con su pie debajo de la mesa la pierna de Rose queriendo hacerle comprender su falta de delicadeza por aventurarse a decir a su madre tal cosa de su hermana. En ese instante, Mary Ane rompió a llorar, y su padre la consoló con un abrazo.

Después de la detención del asesino del parque, Silvia tenía la seguridad de que su amiga había recibido la protección de su Ángel de la Guarda en el momento del encuentro con Wendell Abbs. Una y otra vez estuvieron hablando sobre el tema, pero Mary Ane continuaba siendo igual de escéptica que al principio. Sin embargo, reconocía que en el suceso pudo haber una intervención divina, aunque también cabía la posibilidad de que Wendell Abbs no tuviera intención de atacarla. En cualquier caso, Silvia convenció a su amiga para salir de dudas.

Wendell Abbs fue trasladado a la prisión de Brixton. Aunque no había pruebas concluyentes contra él –no hallaron el arma o armas de los delitos, ni tampoco huellas ni la chaqueta que le vio el taxista Patrick Lee supuestamente manchada de sangre-, sin embargo el sospechoso tras un día de silencio confesó haber asesinado a Brenda Stone y a las otras víctimas que se le atribuían, afirmando sin ningún escrúpulo y con frialdad que el número era erróneo y que al menos había seducido y asesinado a otras dieciséis jóvenes. Esto supuso un quebradero de cabeza para el Ministerio

Fiscal que tuvo que emplear medios para indagar sobre la veracidad de la confesión de Wendell Abbs.

Era la hora de visitas. Uno de los guardias se personó en las celdas.

-Wendell, tienes visita.

-¿Quién diablos quiere verme? –preguntó el aludido desconcertado.

- Una joven... tu prima.

- ¿Mi prima?... Yo no tengo ni siquiera familia... -replicó Wendell Abbs ahora intrigado.

- Dice que es tu prima lejana.

Silvia y Mary Ane aguardaban en la sala de visitas con el resto de familiares y amigos de los presos que tenían concedido este derecho, los de régimen preventivo y los que aún no habían sido condenados en sentencia firme, como era el caso de Wendell Abbs. Al otro lado de la sala vieron acercarse al *killer* con mirada altiva y fría a través de la pared de cristal que, sin embargo, no impidió provocar en las chicas cierto temor. Wendell Abbs se sentó al otro lado, esperando a su prima desconocida. Cuando las dos amigas iban a comunicarse con el preso, uno de los guardias de vigilancia les indicó que solo estaba permitido la comunicación a una persona por recluso, y fue entonces Mary Ane a quien le tocó ponerse frente a Wendell Abbs. El reo cogió el auricular del telefonillo y esperó a que lo hiciera también la joven. Mary Ane le miraba con el mismo temor con que lo hiciera en su primer encuentro en Rusell Square. Le saludó de la misma forma que aquella tarde con voz temblorosa. Wendell Abbs que la vio mover los labios sin oír nada, le hizo un gesto con la mano que tenía libre para que cogiera el auricular del telefonillo. Cuando oyó su voz, en ese instante la reconoció.

- Yo a ti te he visto antes... Sí, recuerdo tu voz, y ahora que me fijo, debes de estar sabrosa... ¿Has venido sola? –dijo Wendell Abbs moviendo la lengua libidinosamente y escrutando las facciones de su rostro con mirada sicalíptica.

- He venido con una amiga –respondió Mary Ane, trémula la voz y una sensación de repugnancia ante la insinuación obscena del recluso.

-¡Ya!... ¿Dónde está? –preguntó Wendell Abbs ahora con voz pastosa.

- Esperando ahí detrás... Sólo a mí me han permitido hablar con usted.

Wendell Abbs dijo una serie de obscenidades y palabras soeces propias de un pervertido sexual, provocando con rubor el rechazo de Mary Ane, que la hizo colgar el auricular. Esto obligó al recluso cesar en su procaz lenguaje y suplicar a la chica que no interrumpiese la comunicación. Mary Ane accedió, aunque ya, desde el principio, sabía a lo que se exponía.

- Gracias... gracias... Prometo contener mis impulsos naturales, pero no te vayas...Oye, tú debes ser hija de algún político o magnate con mucho dinero...-supuso Wendell Abbs.

- No, se equivoca. Mi padre es arquitecto y no somos ricos, aunque vivimos bien – le aclaró Mary Ane.

- ¡Vaya, quién lo diría! –exclamó sugestionado el preso, y luego de unos segundos pensativo, preguntó-... ¿Por qué te has hecho pasar por alguien de mi familia?

- Mi amiga Silvia y yo pensamos que ésta era la mejor forma para poder hablar con usted, que a mí no me agrada en absoluto. Ni siquiera lo saben mis padres... Hay algo que me inquieta y deseo preguntarle...

- Intuyo que quieres saber por qué te dejé marchar aquella tarde en Rusell Square.

- ¿Lo sabe? –preguntó sorprendida la chica.

- Tuviste mucha suerte de ir acompañada por esos tipos...

-¿Acompañada?... Pero si yo no... yo... - le interrumpió Mary Ane si cabe más sorprendida y aun desconcertada.

-Cualquiera se hubiera atrevido a ponerte la mano encima teniendo por guardaespaldas a esos dos mastodontes de más de siete pies de altura - confesó Wendell Abbs.

Capítulo 7

DON DE DIOS

Rafael Bergantiños cerró el kiosco más temprano que de costumbre. A las cinco y cuarto de la tarde salía su vuelo desde Londres-Gatwick con destino Roma en compañía de su mujer Meli García. Siempre, en Semana Santa solían asistir a las celebraciones litúrgicas que el Romano Pontífice oficia en la Plaza de San Pedro. En realidad, Rafael Bergantiños que se consideraba católico no practicante, quería complacer a su mujer que, desde niña, había adquirido un profundo sentimiento religioso y vivía su fe con gran devoción, asistiendo a todas las ceremonias de culto divino preceptuadas por la Iglesia Católica. Por su parte, Rafael Bergantiños aprovechaba esos viajes para tomarse unos días de vacaciones y hacer turismo.

Meli García trabajaba en un bufete de abogados en Old Broad Street y llevaba los asuntos legales en materia civil. Sobre todo se encargaba de los pleitos concernientes a divorcios y tutela de los hijos en su caso, procurando en la medida de lo posible ayudar a esos matrimonios para evitar su ruptura. Meli les aconsejaba consultar a un psicólogo de confianza antes de intervenir en el juzgado. Y cuando no había acuerdo de reconciliación lamentaba mucho tener que actuar en contra de una de las partes.

A Meli le encantaban los niños. Siempre ha deseado tener un hijo pero, después de diez años de matrimonio, nunca ha dado positivo en el test de embarazo. Los médicos a los que acudieron ella y su marido no encontraban ninguna anomalía en ambos que pudiera inferir las causas de la infertilidad. En algún caso les propusieron la posibilidad de recurrir a la fecundación in vitro, pero Meli era recelosa en la utilización de los medios artificiales que los veía ilícitos. Rafael Bergantiños pensaba que su mujer exageraba y era demasiado estricta en su valoración moral sobre el asunto, pero la respetaba. Con todo, siempre le decía a ella que la causa de no quedarse embarada era debido a posibles secuelas de la enfermedad que tuvo de pequeña.

Ciertamente, Meli, que era la mayor de cinco hermanos, cuando aún no había cumplido los dos años –según le contaron sus padres- los médicos le diagnosticaron una enfermedad de origen desconocido que le provocaba inmunodeficiencia, debilitamiento muscular e insuficiencia cardiaca y pulmonar. Durante varios días la estuvieron tratando con radiación gamma y ensayos inmunológicos y como empeoraba acabaron por desahuciarla clínicamente. Ante tal panorama desalentador, los padres de la niña decidieron acudir un día de sábado en romería a la Colegiata de Santa María en Padrón. Al día siguiente, Meli había recuperado la salud sin ninguna secuela de la extraña enfermedad.

Indudablemente, este hecho milagroso les hizo aumentar su fe en Dios y su devoción a la Virgen que transmitieron atentamente a todos sus hijos.

Este año, como los anteriores, Meli tenía la esperanza de que Dios les concedería su favor otorgándoles el bebé tan deseado, aunque Rafael seguía siendo tan escéptico como siempre. Sin embargo procuraba con gran delicadeza no herir los sentimientos de su mujer siguiéndole la corriente. Esto es, la alentaba con un “si Dios quiere” con la resignación de quien estaba poco o nada convencido de conseguirlo.

A las 20:45 aterrizó el avión en el Aeropuerto de Roma Fiumicino (Leonardo Da Vinci). Un vehículo esperaba a los pasajeros para su traslado al lugar donde tenían que hospedarse. Rafael Bergantiños mostró al conductor los bonos de viaje suyo y de su mujer que le indicaban el hotel donde tenían reservado alojamiento.

El vehículo se detuvo en la Plaza de España, a pocos pasos del hotel Imperium Suite Navona, ubicado en el número 19 de Vicolo della Palomba, una callejuela estrecha y apenas ruidosa, a pesar de encontrarse en el corazón del centro histórico, rodeado de monumentos emblemáticos, símbolos de la excepcional belleza artística de la Ciudad Eterna.

Aunque la distancia que hay desde donde les dejó el bus hasta el hotel se recorre en poco más de un minuto, tuvieron muchos problemas para encontrarlo, pues está situado en un viejo edificio de pisos, sin ninguna apariencia de hotel-pensión. Al cabo de veinte minutos lograron localizarlo, afortunadamente para ellos, porque comenzaba a llover.

-Buenas noches, señores –les saludó el recepcionista, un joven de ojos azules, nariz griega y labios finos.

- Buenas noches... Tenemos una habitación reservada a nombre de Rafael Bergantiños y señora

- Sí, a ver. Esperen un momento... ¡Vaya! Disculpen ustedes, pero tenemos un problema con su habitación y no les podemos alojar esta noche...

- ¿Que tienen un problema? Pues han de solucionarlo, porque hemos pagado la habitación –protestó Rafael.

- Lo sabemos, y por ello nos hemos tomado la libertad de reubicarles en la Residenza Canali ai Coronari por esta noche.

- ¿Tenemos que ir a otro hotel? –preguntó Meli, dirigiéndose a su marido.

Ante la queja de su mujer, el señor Bergantiños replicó al recepcionista:

-¿Y por qué no nos instalan en otra habitación?

-No nos queda ninguna libre.

Con gran malestar, no tuvieron más remedio que abandonar el Imperium Suite Navona. En medio de la lluvia anduvieron con las maletas en dirección al otro hotel, siguiendo las indicaciones del joven recepcionista.

A la mañana siguiente dejaron la Residenza Canali ai Coronari donde pasaron la noche, y regresaron al Imperium Suite Navona donde ya habían solventado el problema de su habitación y se instalaron en ella. Era Miércoles Santo.

Salieron del hotel a eso de las once para asistir a la audiencia de los miércoles del Santo Padre en la Plaza de San Pedro. A Rafael Bergantiños no le entusiasmaba demasiado, y prefería aprovechar la mañana para pasear entorno al centro histórico de Roma, visitar alguno de sus museos y comprar recuerdos o suvenires. Pero siempre terminaba acompañando a su mujer por evitar contrariarla. Sin duda, el amor que le profesaba era excepcional y sincero.

Al acabar la audiencia, una y otra vez resonaban de modo especial en la mente de Meli unas palabras dirigidas a un grupo de médicos ginecólogos: *"Los hogares, incluidos los que están afectados de esterilidad curable, esperan mucho de vosotros. Estáis al servicio de la vida esencialmente. Todo cuanto hacéis por proteger la vida humana naciente y favorecer su desarrollo, y ayudar a las madres a este nivel, tiene la bendición de Dios. En este mismo sentido os brindo yo mi aliento"*. Meli sintió algo en su interior, como una luz, como una chispa del don de Dios que la tocaba con su gracia y la inundaba de esperanza. Ella quería transmitir a su marido el entusiasmo que la embargaba, con el deseo de que también él llegase a sentir lo mismo y volviera a la practica religiosa. Al menos, que su escepticismo se tornara en esperanza, en la confianza que otorgan las oraciones y súplicas dirigidas a Dios buscando su favor.

Los dos estuvieron paseando por los alrededores del Vaticano hasta que se les hizo la hora de comer. En la Via Santamaura hallaron el Restaurante Bistrot 23, y decidieron entrar allí. Inmediatamente fueron atendidos por uno de los empleados que iba vestido con camisa color burdeos, pantalón y chaleco negros y una corbata granate con rayas negras. Muy amablemente les situó en una mesa para dos, proporcionándoles la carta con el menú, y les dejó unos minutos de tiempo para que seleccionaran los platos de su preferencia.

- ¿Han decidido ya qué van a tomar?-preguntó el camarero con voz afeminada.

- Yo voy a tomar de primero –dijo Meli- una pasta *cacio e pepe* y de segundo una pechuga de pollo a la naranja, y para postre un tiramisú.

- Muy bien... ¿Y usted, señor?

- A mí me va a traer de primero una pasta carbonara, luego el *s... tra...ccetti rucola* ese y de postre un *panna cotta* –solicitó Rafael pronunciando con dificultad las palabras.

- ¿Y para beber qué desean tomar?

- Tráiganos vino tinto de la casa, por favor –pidió finalmente la señora Bergantiños.

Mientras comían, Meli sacó a colación la importancia del mensaje del Papa que habían escuchado, en especial la parte dirigida a los médicos en defensa de la vida.

- Rafa, cariño –le decía-, yo estoy segura de que Dios está contento con la decisión que tomamos de no someternos a los métodos artificiales de fecundación que nos han propuesto todos los ginecólogos a los que hemos acudido, y siento que al final nos premiará.

- Desde luego, Meli, al final de nuestra vida... -dijo de repente Rafael, sin intención de ironizar. Pero dándose cuenta de su indelicadeza, rectificó después – Lo siento Meli, cielo. Yo deseo tener un hijo tanto como tú, y si los medios naturales no sirven, deberíamos seguir los consejos de los médicos.

- Los médicos a quienes hemos consultado solo nos aconsejan utilizar medios artificiales y eso es inmoral, aunque ellos no lo acepten en pro de la ciencia. Y tú deberías estar de acuerdo conmigo... Tal vez, si confiaras más en Dios, y le pidieras, como yo hago a todas horas, que nos conceda un hijo...

- Eso de rezar no es lo mío, cielo... Tú sabes que yo respeto tu forma de ser, y te quiero tal como eres, y si no deseas que recurramos a los medios artificiales para quedarte embarazada o para conseguir un niño no me opondré... Meli, cielo, siempre te querré, tengamos o no un hijo.

- Y yo, mi amor... pero deseo tanto que me acompañes en mis oraciones.

Estaban ya en los postres. Mientras saboreaba el tiramisú, Meli observaba con sus brillantes ojos verdes como Rafael acababa de engullir el último trozo de su *panna cotta*. Luego, volviendo a recordar la parte del mensaje del Papa dirigido a la Unión profesional internacional de Ginecólogos y Obstétricos[1], dijo a su marido:

- ¿Sabes que hay muchos médicos que estarían de acuerdo conmigo?

Rafael asintió maquinalmente, con una mirada complaciente, como siempre hacía para no contrariarla.

[1] El mensaje está tomado de la Audiencia del miércoles 22 de abril de 1981, realizado por Juan Pablo II

- Preservar la vida del ser humano –continuó Meli, poniéndose filosófica- aun en estado embrionario, es un deber de orden natural que todos hemos de respetar, y todavía más los profesionales de la medicina que han hecho un juramento... Todos ellos saben que un embrión es un ser vivo, una persona –aunque no todos lo consideren humano- y cuando experimentan con los embriones seleccionando los que consideran válidos y eliminando los que piensan que son defectuosos, lo hacen de forma discriminatoria, y eso es un atentado contra la ley de Dios... Están jugando con vidas humanas, arrogándose el poder de Dios para decidir quienes tienen derecho a vivir y quienes no...

- Meli, cielo, todo eso es complicado, difícil de entender para una mente tan simple como la mía. Y si tú dices que un embrión es un ser humano, sabes que no te voy a llevar la contraria –dijo Rafael perdido ante la prolija argumentación de su mujer

- Yo no lo digo, lo dice la ciencia – le aclaró ella.

Después de comer visitaron algunos museos y monumentos históricos de la ciudad, antes de regresar al Imperium. Esa segunda noche no quedaron nada satisfechos y se quejaron a la Dirección del hotel porque no había agua caliente y la calefacción no funcionaba.

Después de asistir a la Misa de Jueves Santo, Meli le dijo a Rafael que había que celebrarlo porque era una fiesta grande en la Iglesia: este día se conmemora la institución de la Eucaristía. Siguiendo a su mujer, el señor Bergantiños fue visitando los monumentos de varias de las iglesias cercanas donde había quedado expuesto Jesús Sacramentado para su adoración hasta la tarde del Viernes Santo. Era algo que Rafael no había hecho en muchos años, pero ahora más que nunca quería complacer a Meli, que la estaba adulando casi febrilmente con carantoñas y flirteos. A ella esto le agradaba y se ruborizaba, como cuando eran novios.

Esa noche tampoco había agua caliente ni funcionaba la calefacción en la habitación, pero el amor que sí hubo entre ambos huéspedes les hizo olvidarse por completo de la incomodidad climática.

Después de la Solemne Misa del Domingo de Resurrección, Meli tuvo el presentimiento de que todo iba a cambiar, de que algo bueno iba a transformar sus vidas. Así se lo dijo a su marido al término de la misma, quien asintió diciendo:

-Ojalá te escuche Dios

Meli agarró fuertemente del brazo a Rafael, y tirando de él le instó:

- Vamos, cariño... Entremos en la Basílica de Santa María la Mayor y hagámosle una ofrenda a la Virgen.

- Está bien, cielo... Me gustaría ver cómo es esa iglesia por dentro –accedió Rafael, cuyo pensamiento estaba más en lo turístico que en lo devoto.

Cuando entraron en la Basílica, Rafael Bergantiños quedó admirado por el resplandor de sus mármoles y la riqueza de las decoraciones que daban una sensación de grandeza y amplitud. Echó una mirada a las columnas verdaderamente preciosas y recorrió su artístico entablamento interrumpido en el ábside por dos arcos realizados para la construcción de la Capilla Sixtina y Paulina. Luego se fijó en una serie de frescos representando *"Historias de la vida de María"*, y en el friso de madera por encima de los frescos, decorado por preciosas entalladuras representando una serie de toros cabalgados por amorcillos, y que se une a la cornisa del techo. Pero lo que especialmente llamó más su atención fueron los estupendos mosaicos del siglo V, realizados por voluntad de Sixto III y que se desarrollan a lo largo de toda la nave central y sobre el arco de triunfo. Rafael leyó en su guía turística de Roma que esos mosaicos resumen cuatro ciclos de la historia Sagrada cuyos personajes son Abrahán, Jacob, Moisés y Josué y en conjunto testimonian la promesa de una tierra que Dios hizo al pueblo judío y su ayuda para llegar a ella.

Mientras tanto, Meli se dirigió al lugar donde se encuentra la estatua de la Regina Pacis que fue encargada por Benedicto XV como acción de gracias al acabar la primera guerra mundial. Ante esta Virgen sentada en un trono *"Regina Pacis y soberana del universo"* y mostrando en su cara una nota de tristeza, la señora Bergantiños se arrodilló durante un rato. Luego hizo una ofrenda y fue a buscar a su marido que se hallaba en la capilla Sforza contemplando La sagrada Cuna.

- Rafa, cariño, ¿por qué no haces una ofrenda a la Virgen?

- ¿No lo has hecho tú?... A Dios le debería bastar con eso –dijo Rafael, reticente.

- ¡Vamos, cariño!... No deberías ser tan irreverente... Quizás por eso Dios no nos concede su don. Quizás está esperando que tengas fe alguna en Él y se lo demuestres –le reconvino Meli, alentándole.

Rafael siguió la sugerencia de su mujer más por complacerla a ella que por algún brote de fervor religioso. Fue donde estaba la Regina Pacis y buscando en su cartera dinero para la ofrenda, halló cinco mil liras y algunas monedas. Después de unos segundos de vacilación pensando en la cantidad que estaba dispuesto a depositar en la hucha, optó por desprenderse de dos mil liras. Al guardarse la cartera mal cerrada oyó el ruido metálico de varias monedas rodando por el suelo. Cuando las hubo recogido, se quedó observando una de ellas que presentaba una hendidura. Luego decidió echarla también en la hucha de las limosnas.

Dos semanas después del Domingo de Resurrección Meli estaba de un humor espléndido. Ella siempre estaba sonriendo, pero ese día cuando salió del cuarto de baño después de ducharse sorprendió a su marido con una alegre noticia.

-¡Estoy embarazada! – exclamó mostrándole el test que se había hecho con la orina.

- ¿Qué dices?... ¿Estás segura? - preguntó Rafael con atónita incredulidad.

- Por supuesto, cariño... Esta vez el test ha dado positivo, ¿no te alegras?

- Claro que sí, cielo, pero... mejor será que nos lo confirme tu ginecólogo –sugirió Rafael que empezaba a mostrar algún atisbo de esperanza.

- Estoy segura de que al fin Dios ha escuchado mis oraciones y me ha concedido uno de sus dones más preciados, el de ser madre... - dijo Meli sentándose en la cama junto a su marido. Luego, después de abrazarle y besarle, añadió: -Rafa, cariño, ambos hemos de estar agradecidos a Dios por este hijo que vamos a tener.

- Meli, cielo, ya sabes que lo deseo tanto como tú, pero no nos precipitemos. Sabes lo que le paso a Betty, la mujer de tu jefe, que también le dio positivo el test y cuando fue al médico le dijo que no estaba embarazada. Lamentaría mucho que te llevaras tú también una decepción

- Está bien, cariño, a las nueve le pido cita al doctor. Pero, que sepas que hace tres días que no tengo la regla – le dijo Meli queriendo reafirmar el resultado del test.

Unos días después las pruebas realizadas por el ginecólogo resultaron positivas. Desde entonces, cada domingo Rafael Bergantiños decidió abrir el kiosco a las nueve y media de la mañana, después de acompañar a su mujer a la primera Misa que se celebraba en la Catedral de Westminster.

CAPÍTULO 8

ALGUIÉN GUIÓ LAS BALAS

Juan Pablo II se encontraba rezando en su capilla privada desde las cinco y media de la mañana. De rodillas en el reclinatorio miraba al sagrario, mientras pasaba las cuentas de su rosario. Después de rezar esta oración preferida de la Virgen y guardarse el rosario en el bolsillo de su blanca sotana, sus dedos tocaron una moneda. La cogió, y la palpó. Tenía una hendidura. Entonces, volvió a mirar al sagrario y rezó por la persona que se la proporcionó...

El día anterior paseaba el Papa sólo por el edificio de la oficina de información del Vaticano y se encontró con un joven que iba arrastrando un carrito con material de prensa y oficina. Juan Pablo II le saludó, y el muchacho, que no lo esperaba, se inclinó ante él con reverencia, le cogió de la mano izquierda y besó su anillo. A su vez, el Pontífice le puso la otra mano en la cabeza del joven y le bendijo.

-¿Cómo te llamas?

- Hugo, Santo Padre.

- ¿De dónde eres, Hugo?

- De Guanajuato, México.

- Bonita ciudad... Y ¿qué haces aquí? ¿Cuál es tu trabajo, Hugo?

- Soy bedel, y ahora mismito estoy retirando material desechable para ser destruido

- Muy bien, Hugo. Una labor interesante... ¿Estás contento con lo que haces?

- Sí, Santo Padre... Aunque espero conseguir otro trabajo de mayor responsabilidad.

-Eso está bien. Pero con este trabajo, si lo ofreces a Dios, puedes llegar a ser santo...

Hugo abrió las órbitas de sus ojos sorprendido por lo que acababa de decirle el Papa. Jamás había pensado en la posibilidad de subir a los altares con la dignidad de un santo, y menos aún realizando una ocupación tan simple.

- Esa labor que tú haces –le explicó el Pontífice- no es menos digna que la que desarrolla el Papa, depende del amor de Dios que tú y yo pongamos en nuestro trabajo. Si cuidas los detalles y lo realizas pensando en que desarrollas la obra del Creador, estarás sirviendo al bien de tus hermanos y contribuirás de modo personal a que se cumplan los designios de Dios en la historia...

Después de esta revelación, Juan Pablo II permaneció unos segundos observando el material desechable que transportaba el carrito y le llamó la atención una moneda que estaba en una caja junto con clips, chinchetas, y piezas metálicas de útiles de escritura.

-¿Todo eso también es para desechar?

- Sí

- Ahí hay una moneda.

- Lo sé, Santo Padre... Estaba con otras monedas extranjeras que los peregrinos han echado en las urnas de las ofrendas, pero esta me la dio Monseñor Ruffinelli para retirarla. Como es defectuosa... Juan Pablo II pidió permiso a Hugo para cogerla. Efectivamente, observó que esa moneda española de cien pesetas presentaba una hendidura.

-¿Puedo quedármela? –solicitó el Papa.

-Claro- respondió el joven con rostro sorprendido.

Ante la generosidad de Hugo, el papa Wojtyla se lo agradeció regalándole un rosario.

No era algo extraordinario que el Vicario de Cristo pasase más de hora y media recogido en oración al amanecer, antes de celebrar la Eucaristía a las siete. Solía hacerlo todos los días, pues su jornada laboral era de dieciocho horas en las que redactaba cartas, despachaba con cardenales y obispos, trataba los asuntos que requerían su consejo y aprobación. Sin embargo, ese día 13 de mayo era especial, no porque fuese una fiesta de la Virgen a la que Karol Wojtyla tenía un gran amor –no en vano había elegido como lema episcopal la frase latina *Totus Tuus*, oración tomada del devocionario de San Luis Grignon de Montfort, dedicada a María -, sino también porque era miércoles, y tocaba audiencia general.

Después de hacer su meditación, Juan Pablo II celebró la misa ante la presencia de unos 50 huéspedes de varios países que habían sido invitados por su secretario privado, monseñor Stanislaw Dziwsiz. Al cabo de una hora el Papa se detuvo unos minutos en el comedor para desayunar algo suave que le habían preparado las religiosas polacas que atendían la administración de su residencia pontificia.

Luego se dirigió a su estudio y mantuvo una reunión con su secretario y dos de sus colaboradores más cercanos para discutir la agenda de ese día que se presentaba apretada. Además, corría el rumor de que la KGB soviética estaba planeando atentar contra la vida de su Santidad.

- El Papa tiene muchos enemigos, pero hoy me siento protegido por la Madre de Dios.

Con estas palabras Juan Pablo II trató de tranquilizar a sus fieles súbditos. Después se quedó sólo encerrado en su estudio, repasando y reflexionando sobre el mensaje que iba a proclamar en la audiencia general por la tarde. Además, para este día estaba anunciada una gran manifestación convocada en Roma por el partido comunista, con respecto a la celebración del referéndum de la ley del aborto prevista para este mismo mes. El papa Wojtyla tenía sobradas razones para la meditación y la reflexión.

A la una y media dejó el despacho para reunirse con el profesor Jerôme Lejeune, de París, a quien había invitado para un almuerzo de trabajo. El Santo Padre debía fundar el Instituto de estudios sobre matrimonio y familia en la Pontificia Universidad Lateranense y crear en la Sede apostólica el Consejo Pontificio para la Familia. Quería contar con la opinión y los conocimientos de alguien como Lejeune, experto en genética, de fama mundial, y gran defensor de la vida.

Por la tarde, a las 17.17 horas el Papa Juan Pablo II se trasladaba en su vehículo, un jeep blanco, por la plaza de San Pedro. Iba acompañado por su secretario monseñor Stanislaw Dziwsiz. El Santo padre daba la segunda vuelta, extendía sus brazos hacia los niños y saludaba a la multitud. Luego, el vehículo se detuvo bajo el arco de las campanas donde una madre en primera fila le acercaba su niña para que la bendijese. Juan Pablo II tomó a la pequeña en sus brazos y la besó. Cuando la devolvió a sus padres, en ese instante, desde la segunda fila, surgió la mano de Alí Mehmet Agca, un asesino profesional, que hizo tres disparos con una pistola Browning de nueve milímetros. A continuación Agca intentó huir pero una monja franciscana le agarró impidiéndole escapar, dando lugar a que otros se abalanzaran sobre él inmovilizándolo.

Juan Pablo II, con el rostro pálido y las vestimentas blancas salpicadas de sangre, se quedó quieto por un instante, luego cayó dentro del vehículo ante la desesperación de todos. Los oficiales de la Guardia Suiza rodearon el automóvil del Papa mientras monseñor Dziwisz le sujetaba la cabeza y lo acomodaba en el asiento trasero del jeep.

– ¿Dónde?- le preguntó su secretario

– En el vientre –respondió el Papa con dificultad.

– ¿Le duele?

– Me duele.

En ese instante comenzó a agacharse. Monseñor Dziwsiz, detrás de él, pudo sostenerlo. Estaba perdiendo las fuerzas. Una de las balas que había atravesado su cuerpo hiriéndole en el vientre, salió por el hueso sacro y cayó al piso del automóvil entre él y su secretario, quien salió ileso. Pero las balas iban con tanta fuerza que podían atravesar varios cuerpos. De hecho otro de los proyectiles le hirió en el codo derecho y en el dedo índice, alcanzando e hiriendo a otras dos personas.

Era un momento dramático. No había tiempo para pensar; no había un médico al alcance de la mano. Una sola decisión equivocada podía tener efectos catastróficos. El Santo Padre corría peligro de muerte, y cada minuto que pasaba era crucial. Así que Monseñor Dziwsiz sintiendo un impulso sobrenatural decidió introducirlo inmediatamente en la ambulancia, en la que se encontraba también el médico personal del Papa, el doctor Renato Buzzonetti, y a gran velocidad se dirigieron al Policlínico Gemelli. Durante el trayecto el Santo Padre estaba aún consciente, y oraba en voz baja. Pero al ingresar en el hospital perdió el conocimiento.

En el Policlínico había consternación, como era de esperar. El herido fue trasladado en primera instancia a una habitación del piso décimo, reservada a los casos especiales. Allí le desvistieron y entregaron a monseñor Dziwsiz en una bolsa las pertenencias que llevaba consigo el Papa: la cruz pectoral, su rosario y esa moneda deformada de cien pesetas que el Santo Padre le pidió al joven bedel. Inmediatamente, desde esa habitación fue llevado a la sala operatoria, la cual estaba abarrotada. La situación era muy seria. El organismo se había desangrado. La sangre destinada a la transfusión no resultó adecuada. Pero algunos médicos que tenían el mismo grupo sanguíneo que el papa Wojtyla se ofrecieron sin dudarlo a darle sangre para salvar su vida.

La situación era realmente muy grave. La presión bajaba, y los latidos del corazón apenas se escuchaban. Entonces, el doctor Buzzonetti se dirigió al secretario del Papa y le dijo:

- Monseñor, debería administrarle al Santo Padre la unción de enfermos

Unos minutos más tarde, la transfusión de sangre le devolvió una condición que permitía comenzar la intervención quirúrgica.

El doctor Francesco Crucitti, jefe de cirugía del Gemelli, que se encontraba en casa porque ese día libraba, recibió una llamada comunicándole que habían disparado al Papa. No podía creerlo, y ante la duda se puso la chaqueta y salió corriendo al hospital. Cuando llegó, el equipo de guardia estaba ya en el quirófano, habían empezado ya a anestesiar al enfermo. Como él era el más veterano tomó la dirección de la operación, que empezó hacia las seis de la tarde, y acabó a las nueve. Sin embargo, como el hueso sacro sangraba mucho tuvieron que hacer todo lo posible para contener la hemorragia. Luego lavaron la cavidad peritoneal, hicieron una radiografía del abdomen para buscar residuos o cuerpos extraños y pusieron los drenajes. Al final, el Papa estuvo en el quirófano hasta las once de la noche.

El doctor Crucitti comentó posteriormente a

monseñor Dziwsiz que sorprendentemente ninguna de las balas que alcanzaron al Papa tocaron órgano vital alguno, como si alguien las hubiera desviado. Inexplicablemente, una mano disparó y otra, misteriosa, guió las balas.

Después de la operación y durante su convalecencia, Juan pablo II recibió la visita de distintas autoridades eclesiásticas y civiles entre las que figuraba el Presidente de la República y jefes de los partidos políticos. También le fue permitida la visita al personal que trabajaba en el Vaticano. El cuarto día de estancia en planta, ya fuera de peligro, le visitó Hugo, el joven mejicano que trabajaba de bedel, quien le confesó al Papa haber derramado lágrimas al presenciar junto con la multitud el atentado. Desde ese instante comenzó a rezar por él. El pontífice se lo agradeció. Luego, pidió a una de las enfermeras que le trajese la bolsa donde habían guardado sus pertenencias. Hurgó en ella y sacó la moneda defectuosa de cien pesetas.

- ¿Quieres, Hugo, que te revele un secreto? –le preguntó el Papa con una mirada afectuosa

El bedel, que había estado observando extrañado al Santo Padre como jugaba con tan peculiar moneda en su mano, hizo un gesto afirmativo con la mirada.

- Cuando me dispararon –prosiguió Juan Pablo II- sentí una caricia de la Virgen. Sin duda, Ella me ha salvado... la Virgen y esta moneda que parece dar suerte.

- Si su Santidad lo dice – respondió Hugo. - Estoy seguro... - afirmó el Papa- Ten, te devuelvo la moneda, si me prometes que no la vas a tirar... ¡Como es defectuosa!

Ambos, Juan Pablo II y Hugo, se echaron a reír.

Capítulo 9

INSTINTO MATERNO

Guanajuato, situada en el lecho de un valle profundo que se ensancha hacia las laderas de la montaña, reluce por su estética desalineada, pero de florida imaginación y belleza inusitada. Las iglesias, los edificios pintados en tonos pastel y amarillo mostaza, las mansiones coloniales salpicadas de balcones floreados, techos de teja roja y fachadas en estilo neoclásico, se suceden imponiéndose unas veces en formas o dimensiones, las otras cediendo a la fastuosidad de diferentes frontispicios en donde la piedra adorna palacios y casonas de añeja presencia.

Cuando un turista pretende explorar esta pequeña, pero muy provinciana ciudad, en cada esquina haya una sorpresa. Su difícil topografía le permite tener uno de los más inusuales sistemas de calles, incluida una única calle subterránea la cual fue una vez cama de un río y después un canal de control de aguas de la ciudad. Los coches ahora circulan a través de túneles de arcos de piedra que existen bajo ella. Arriba, un laberinto de estrechas calles y callejones, escaleras, y puentes de ladrillo van subiendo y bajando las colinas de la ciudad. De muchas maneras, Guanajuato se siente más como una villa medieval que como un pueblo colonial.

Así se sentía el joven Hugo Rodrigues, hechizado por su encanto luminoso y colorido, cada vez que regresaba a su tierra natal. Era en agosto, próxima la fiesta religiosa de la Asunción de María. Hugo volvía a reunirse con su familia que era numerosa. Su padre se llamaba como él, o mejor dicho, a él le pusieron el mismo nombre de su padre, el cual tenía un puesto para la venta de productos alimenticios en un mercado de segunda clase. No es tan importante como el Mercado Hidalgo, pero sí está repleto de toda clase de productos, artesanías y comidas diversas. Incluso puede presumir de ofrecer alimentos asiáticos como la comida japonesa que preparaba Wakato Hunomi, y que servía su preciosa hija Yoshinoya. El chef oriental y su hija eran tan apreciados como su comida, que por entonces era una novedad. Nadie sabía por qué Wakato decidió montar esta especie de restaurante de comida rápida japonesa en este lugar, pero lo cierto es que un día vino como turista y acabó instalándose en Guanajuato.

Uno de esos días el joven Hugo acompañó a su padre al mercado para ayudarle en la venta de sus productos, que por cierto estaba siendo rentable. Había gran afluencia de clientes que solo tenían pensado ir a comer al establecimiento de Wakato, pero muchos aprovechaban para llevarse algún producto de artesanía y por supuesto, alimentos autóctonos, como los famosos quesos Cotija y Chiguagua que dispensaba el señor Rodrigues. Hacia la una del mediodía el espacio del señor Hunomi ya estaba abarrotado de gente hambrienta a la que Yoshinoya no cesaba de servir los suculentos platos cocinados por su padre. El exquisito aroma del sushi, del sashimi y del ramen expandido por el entorno del mercado había abierto el apetito del joven Hugo que pidió permiso a su padre para reponer fuerzas. Aún faltaban más de dos horas para acabar la venta, pero el señor Rodrigues estaba acostumbrado a aguantar con un desayuno fuerte, a base de huevos fritos en salsa verde y algún *Durito* o chicharrones preparados. Y si a media mañana tenía hambre, lo cual no era frecuente, solía picotear algo de la mercancía que llevaba. Sin embargo, a su hijo le apetecía más comer caliente, y en el sitio de Wakato era rápido y, además, agradable para el paladar y para la vista.

El joven Hugo saludó a Yoshinoya y le pidió su plato preferido, el Gyû-dôn : un tazón de arroz cubierto de carne de ternera cortada en fetas del tamaño de un bocado, con cebolla y condimentada típicamente con una salsa ligeramente dulzona preparada a base de salsa de soja, *mirin* y azúcar, y acompañado de sopa de miso. En menos de cinco minutos ya lo tenía servido. Realmente un plato exquisito que no dudó en compararlo con el amable y eficaz servicio prestado.

Mientras comía, una adolescente de rasgos indígenas que apenas tendría catorce años iba por el mercado mendigando con mirada hambrienta los diversos productos alimenticios, y hasta el momento nadie se había dignado a atenderla. Al llegar donde estaba el joven Hugo, la indígena pidió comida, que también le fue negada. No tenían nada en contra de ella el señor Wakato o su hija, pero de haber atendido su petición, probablemente vendrían otros mendigos y no creían oportuno hacer excepciones. Sería desagradable tener a la mitad de los indigentes pidiéndoles un cuenco de comida por el mero hecho de habérsela proporcionado a ésta indígena hambrienta, con la consiguiente molestia que supondría para los clientes. Con todo, el joven Hugo observó que la muchacha parecía estar en un estado avanzado de gestación, aunque la voluminosa vestimenta que llevaba para la época calurosa lo disimulara. Entonces optó por invitarla a una ración. Así se lo dijo a Yoshinoya, que le sirvió un cuenco de arroz tres delicias. La joven indígena se lo agradeció, tardando menos tiempo en comérselo que el que empleó la hija de Hunomi en servírselo, que ya era decir. El joven Hugo la estaba mirando complacido, sabiendo que había obrado con rectitud, había hecho una obra de misericordia: dar de comer al hambriento. Además sentía lástima por ella, pues suponía que la muchacha era una más de las incontables mujeres sin recursos que habían quedado embarazas y solo Dios sabe quien era el padre. La joven volvió a darle las gracias, y cuando se dio la vuelta para marcharse, el joven Hugo se percató de una mancha o efélide que tenía en el lóbulo alargado de su oreja derecha sin darle mayor importancia.

Cuando se dispuso a pagar su comida y la de su invitada, sacando unas monedas entre las que se mezcló aquella defectuosa de cien pesetas que conservaba, fue accidentalmente chocado por un chamaco que corría por el mercado perseguido por otros chavales. El golpe le hizo saltar las monedas por los aires, cayendo una en un cuenco de arroz, otra a los pies de Yoshinoya y el resto se desparramó por el suelo entre la multitud. El joven Hugo fue recuperándolas una por una, aunque no todas. No se percató del extravío de la extraña moneda defectuosa.

Llegó la noche que estaba siendo calurosa, sobre todo para la gente marginal acostumbrada a vivir en chabolas y viviendas autoconstruidas bajo deficientes condiciones de vida, carentes de agua potable, drenaje, recogida de basuras, electricidad... Ahí el calor era verdaderamente insoportable, al que se le unía la molesta proliferación de mosquitos y ratas, un constate foco de infección y propagación de enfermedades. Por desgracia, el nivel cultural de las personas que se hacinaban en esos asentamientos era de nula formación, y muchas adolescentes incautas eran víctimas de abusos sexuales y de violaciones.

Pero también esos lugares marginales eran habitados por animales escuálidos sin dueño, como una perrita criolla, de tamaño mediano y con las ubres cargadas de leche por la camada que estaba a punto de parir. Vagaba inquieta por ese momento que se adivinaba, buscando con desesperación un lugar tranquilo y seco donde refugiarse y poder tener a sus crías.

La noche estaba siendo larga, dolorosa y triste para esa perrilla primeriza. Había traído al mundo tres esqueléticos cachorros que apenas tuvieron fuerza para nacer y ninguna para vivir, pues una vez alumbrados, murieron, a pesar de los cuidados que su esforzada madre trato de darles. Durante más de 4 horas intentó reanimarlos sin éxito.

Deambuló, triste y dolorida por la presión de la leche en sus ubres que no había podido desalojar, por un tiradero en busca de algo que comer. Hacía ya tres días que no probaba bocado. Husmeaba buscando por todos los rincones. Cualquier cosa serviría, cualquier resto, o con suerte, podría cazar una hermosa rata grande. Pero el cansancio le hizo desistir de la caza. Tal vez otro día. Pero un leve gemido le hizo alzar las orejas: ¿uno de sus cachorros?... Corrió como enloquecida buscando el origen del aullido, pero no lo encontraba. Escuchó de nuevo y esta vez enfocó perfectamente de donde venía.

Debajo de una caja de cartón y envuelto en un costalito vio un pequeño bulto que apenas se movía. Lo olió varias veces, pero no era su cachorro, ni tampoco una rata. Dudó qué hacer, pero su instinto de madre le indicó que debía proteger al cachorro aunque no fuera suyo, y al parecer de nadie, pues allí solo estaba ella y la cría.

Agarró pues el costalito y buscó un lugar resguardado donde poder dejarlo y descansar ella también. Vio unas grandes cajas de cartón y sabía por experiencia, que dentro de ellas, el calor se conservaba muy bien. Así que nuevamente inició el proceso de hacerse un huequecito donde poder descansar. No le costó mucho deshacer el paquetito. El cachorro estaba hecho un asco, así que lo limpió pacientemente y lo fue llevando hacia las mamas, que ya parecían a punto de reventar. El cachorrillo hambriento se aferró con fuerza a la ubre y, por un instante, esa madre olvidó a sus perdidos hijos... ¡Ya encontró a quien alimentar!

Al cabo de una semana el cachorro que comía mucho había crecido enormemente, obligando a su madre adoptiva a buscar comida en cualquier parte. Ese día probó fortuna en el mercado donde vendía sus productos Hugo Rodrigues, que, por otro lado, casi todos los vendedores la conocían y con suerte le darían algo que comer. Así fue, a primera hora de la mañana, cuando aún estaban los vendedores instalando sus puestos. Estuvo poco rato, pues no quería dejar el cachorro mucho tiempo solo ya que parecía ser de esas razas que había visto alguna vez, sin pelo que lo protegiera. Por eso, antes de irse, la perrita lo tapaba con trozos de cartón para que no perdiera el calor.

Pero ese día la suerte no le acompañó, pues tenía prisa y se arriesgó a robarle un buen trozo de queso al bueno de Hugo Rodrigues. Lo agarró y salió corriendo, sin darse cuenta que el vendedor con varios de los hombres del lugar la fueron siguiendo hasta su escondite para darle una buena paliza, por ladrona.

Cuando los hombres llegaron allí vieron las cajas y prepararon sus palos para darle su merecido a aquel repugnante animal que robaba sus bienes.

Hugo Rodrigues destapó la caja grande y lo que era un tumulto de voces, se convirtió en un silencio sepulcral. Aquel hombre fuerte, mudo ante la sorpresa, se hincó de rodillas al ver que entre las cajas se encontraba la ladrona abrigando a su cachorro entre las patas para protegerlo, y a su alrededor algunos pocos desperdicios que la perrita había recogido de la basura, unos trozos de pan secos, el queso robado...

Los hombres se santiguaron, pues lo que descubrieron era poco menos que un milagro. La perrita guardaba entre sus patas un pequeño bebé humano, una niña de rasgos amerindios que tenía un pequeño lunar en el lóbulo de su oreja derecha. Hugo Rodrigues la tomó entre sus brazos, sin advertir que bajo su cuerpecito frágil había una moneda española de cien pesetas con una hendidura.

Cuando llegaron los de la ambulancia, ya había docenas de curiosos, incluso turistas, que se personaron en el lugar del insólito hallazgo. Los sanitarios recogieron el bebé que se encontraba en un buen estado, tan solo algo deshidratado.

Alguien nativo tuvo la bondad de adoptar la perrita criolla. Algún turista caprichoso o supersticioso recogió la extraña moneda del reino de España.

Capitulo 10

5.2 E. RICHTER: MENSAJE PARA UN ESCÉPTICO

A las 17:30 abandoné la galería Artenuevo con cierto escepticismo, tras las historias asombrosas que el joven pintor Juan Martín nos estuvo relatando. Los poderes extraordinarios que suscitaba esa moneda antigua deformada de cien pesetas y que él hábilmente había estampado en el pequeño lienzo, me parecían cuanto menos, inverosímiles. Mi actitud frente a fenómenos de naturaleza extraña ha sido siempre suspicaz, cuando no, indiferente. Por eso no creía en los milagros ni en lo sobrenatural. Mas bien, todo ello lo consideraba casual, fruto del azar y propiciado, tal vez, por la buena suerte. El hecho de que una moneda haya interceptado una bala evitando que atravesara el cuerpo de un hombre, o que a alguien necesitado de una cantidad concreta de dinero comprase con ella un boleto de la lotería y le tocase como premio exactamente dicha cantidad, o que algún alma caritativa la ofreciera como donativo y luego encontrase trabajo,... todos esos acontecimientos me parecían verdaderamente casuales, aunque reconocía ver en ellos el aura de la buena suerte. Incluso en el atentado del papa Juan Pablo II no creo que influyese nada el hecho de llevar encima esa singular moneda. Más bien pensaba que la fortuna le favoreció, evitándole heridas mortales.

Cogí el coche y me dirigí a Lorca, a la dirección donde vivía mi amigo Ignacio Lucas, filatélico y coleccionista de monedas de todas clases. El coleccionismo era algo que también me apasionaba, aunque nunca llegué a coleccionar nada. Tal vez porque esta afición me vino tardía. Pero sí dedicaba tiempo a observar lo que otros habían compilado. De hecho cuando visitaba un museo de obras de arte, lo que hacía no era sino deleitarme observando una colección de cuadros de pintura. Esta afición no está al alcance de cualquiera. Sólo los museos y otras instituciones o entidades de enorme capital pueden dedicarse al coleccionismo de obras de arte. Y tan sólo unas pocas personas acaudaladas, como la baronesa Thyssen, podían permitirse el acopio de obras pictóricas de gran valor. Aunque, sinceramente, yo dudaba que fuera dicha afición por amor al arte. Yo me he considerado siempre amante de las artes en todas sus acepciones, pero sobre todo, me apasionaba el mundo de la numismática. Aunque todo lo que sabía sobre el coleccionismo de monedas lo aprendí de Ignacio, que sí era un auténtico experto. Su conocimiento sobre la materia que ha expuesto en varias revistas afines le ha granjeado numerosos premios y galardones. Recordaba la primera vez que quise formar mi propia colección y recibía sus consejos para conservar mejor las piezas y adquiriesen valor a lo largo de los años. Yo le manifesté mi interés por las monedas antiguas, pero no sabía por dónde empezar ni cómo conseguirlas.

- Para ser un coleccionista experto-me advirtió Ignacio- es decir, un auténtico numismático, no basta con desear conseguir el mayor número de monedas de toda clase y antiguas. No solo se trata dc coleccionar.

La adquisición de moneda de colección va más allá del puro coleccionismo. Por una parte se adquiere un producto de valor reconocido. Por otra, se guarda un fragmento de historia y de los acontecimientos más representativos plasmados en las diferentes piezas. La historia reflejada en una pieza metálica de plata o cobre o níquel o latón. Ignacio me transportaba a épocas pasadas exponiéndome los hechos más relevantes en la historia de los pueblos donde fueron acuñadas esas monedas. Sobre todo, Ignacio sentía debilidad por las procedentes del vasto Imperio Romano con un contenido histórico relevante. Conservaba varias piezas de la época de Constantino I El Grande, entre ellas una silicua, moneda de plata de 1,9 g y 19 mm, acuñada en Tesalónica entre los años 326 y 327. El anverso de la moneda era anepígrafo y mostraba un busto diademado del emperador hacia la derecha y alzando su vista hacia el cielo. El reverso contenía la leyenda CONSTAN-TINVS AUG, y entallada la figura de la diosa Victoria avanzando hacia la izquierda, portando palma en su mano izquierda y alzando su vista hacia el cielo. Mi amigo Ignacio me contó que esa leyenda y su grabado revelaban una época gloriosa para el emperador de Occidente, Constantino I, quien en el año 313 instauró el cristianismo en el imperio como religión oficial y causando el declive del culto pagano. Al respecto, me habló de la existencia de una leyenda conocida como “El sueño de Constantino”, previo a la batalla del puente Milvium donde derrotó al usurpador Majencio y reconquistó Italia: “En vísperas de la batalla, Constantino invocó la ayuda del Dios de los cristianos y tuvo un sueño durante el cual se le apareció una cruz resplandeciente con estas palabras: “In hoc signo victor eris”(con este signo vencerás). Luego mandó colocar 95 en las enseñas de su ejército el anagrama formado por las dos primeras letras griegas (Chi y Rho) del nombre de Cristo…”. Leyenda o no, me aseguró mi amigo, lo que estaba claro era que muerto Majencio, Constantino quedó como dueño absoluto de Occidente, y que hubo una ley conocida como el Edicto de Mediolanum (Milán) promulgado al año siguiente de la derrota de Majencio, el 313, en acción de gracias por haber ganado la batalla, el cual supuso el reconocimiento del cristianismo.

Ignacio, a quien consideraba un hombre de profundas creencias, una persona religiosa que atraía porque obraba según pensaba, y esto era merecedor cuanto menos de mi elogio, siempre buscaba las ocasiones para dar testimonio de su fe. Conmigo aprovechaba mi afición compartida por la numismática para hablarme de Jesús y del reino de los Cielos. Recordaba el día que le pregunté qué le hacía estar tan firme y seguro en su fe, y me contestó que había encontrado un tesoro incalculable, de infinito valor: el reino de los Cielos. Y para ilustrar su testimonio me mostró su colección de monedas bíblicas, así las llamaba yo porque le servían como pretexto para contarme escenas de la vida de Jesucristo. Me dijo que era como haber encontrado una moneda antigua de incalculable valor, única en su serie, oculta en el interior de una casa vieja y en ruinas. Sin importarle el estado inhabitable que presentaba la vivienda, había optado por vender cuantos bienes poseía para comprarla. Desde luego, conociendo el gusto de Ignacio por la numismática, creí poder entender algo el símil de su explicación. Aunque ello en poco o nada cambiaba mi posición escéptica sobre la religión.

De su colección bíblica conservaba un denario acuñado por el emperador Tiberio, una moneda de Plata que en su anverso se distinguía: TI CAESAR DIVI AVG F AVGVSTVS y cabeza del emperador hacia la derecha, con corona de laurel. El reverso contenía la leyenda: PONTIF MAXIM y la efigie de una mujer (Livia, madre de Tiberio y esposa de Augusto) representando a la "Pax" sentada hacia la derecha, con un cetro y una rama de olivo. A través de las monedas que circulaban en esa época, me contó Ignacio, Jesús se valió para dejar muchas enseñanzas, que son recordadas hasta el día de hoy. Por ejemplo, en cierta ocasión con tal de tentarlo, le preguntaron si era lícito pagar los impuestos romanos, y llamándoles hipócritas les pidió que le enseñasen la moneda del impuesto. Ellos le presentaron un denario, y Jesús les preguntó de quién era la cara y la inscripción que estaban esculpidas en él. Cuando le respondieron que pertenecían al Emperador, entonces les replicó que diesen al César lo que es del César y a Dios lo que es de Dios. Dad al César lo que es del César y a Dios lo que es de Dios... Estaba claro que los hombres como yo- así lo creía- sólo debíamos preocuparnos de lo material, y estaba de acuerdo en que teníamos que rendir cuentas ante quienes nos gobiernan. Y quienes consideraba sentirse inferiores por buscar refugio en la religión y en un Ser Invisible, sólo ellos debían rendir cuentas a Dios.

- Un cristiano –volvió a aleccionarme Ignacio- no es un ser de otro planeta, tiene bien puestos los pies en la tierra, y esto es la presencia de Cristo en la sociedad. "Dar a Dios lo que es de Dios", significa afirmar siempre nuestra fe, dar ejemplo de coherencia a los que no creen en Jesús. Es vivir de cara a Dios, dándole lo que le corresponde...

- Desde luego, con tu ejemplo, muchos como yo se estarían planteando creer en la existencia de Dios. Si todos los que se confiesan cristianos se ocupasen, como tú, de darle a Dios lo que le pertenece y dejaran al resto de los hombres, como yo, encargarnos de tributar cuentas al César...

- Pero, ¡cuidado Manel, que andas muy equivocado! –me interrumpió Ignacio contradiciéndome- Has de saber que la frase "dad al César lo que es del César" la dijo para todos los hombres, sean o no creyentes. Así que también nosotros, los cristianos, no podemos olvidarnos de nuestras ocupaciones y deberes. Pero en la actualidad, en un mundo laicista, el problema es otro: frecuentemente es muy fácil pasarse con los "impuestos" debidos al César e ir robando poco a poco el tiempo a Dios. Es allí donde la frase de Cristo se actualiza... ¿Yo estoy dedicándole el tiempo que le corresponde a Dios o me estoy excediendo con el impuesto al César? Y el César es un rey que cada uno se pinta, para unos es la pérdida de tiempo, para otros el agobio causado por el estudio o el trabajo excesivo. El César en sí no es malo, pero cuando usurpa el papel de Dios se convierte en un tirano nocivo y déspota.

Yo me preguntaba cómo alguien que no tiene fe puede aceptar que algo o alguien usurpe el papel de Dios. No lo tenía nada claro. Ciertamente mi amigo Ignacio lo exponía con ejemplos bien comprensibles, y comparaba al César con el tiempo, el trabajo, el estudio en los que ponemos nuestros sentidos e intereses. Pero no entendía como algo material podía usurpar el papel de un Ser espiritual en quién no creía. Aún así, tratando de rebatir su exposición le pregunté:

- Dime Ignacio, si Jesús dirigió esa frase a todos los hombres, ¿cuánto debemos dar al César y cuánto a Dios?

- Mira, es muy simple. Si encendemos un fuego con leña, este arde y ¿qué es lo que vemos? Primero una cantidad de llamas, después gases, en menor cantidad, después vapor de agua, todavía menos... Después, poco a poco, todo esto desaparece y sólo queda un puñado de cenizas. Pues bien, esto es lo que pertenece al César: la materia, la tierra que queda, porque el imperio del César solo se extiende sobre la materia. Las llamas, los gases y los vapores que ascienden, pertenecen al Cielo. Así pues, debemos consagrar las tres cuartas partes de nuestras posesiones, de nuestras actividades, de nuestros pensamientos y de nuestros sentimientos a Dios, y un cuarto al César.

Mientras conducía, apenas faltando unos kilómetros para llegar a la ciudad, una sacudida en el bajo de mi vehículo me hizo dar un volantazo, y a punto estuve de perder el control y salirme de la carretera.

Probablemente se tratase de un movimiento sísmico. Ya hubo un terremoto anteriormente que afectó a Bullas y a algunos Barrios de la zona alta de Lorca. Según los expertos, era predecible que se volvieran a producir movimientos sísmicos en la región.

Llegué al domicilio de mi amigo Ignacio situado en el barrio de La Viña. Cuando toqué el timbre me abrió la puerta su esposa Eloisa. Tenía el pelo corto, de color castaño y unos ojos grises y grandes. Llevaba puesto un pantalón de estilo árabe que ocultaba una graciosa y abombada barriga. La saludé y ella me invitó a pasar. Me dijo que aguardase a su marido en la sala de estar. Era un lugar espacioso, sin mucho lujo pero decorado con gusto. Las paredes estaban vestidas con vitrinas enmarcadas, las cuales mostraban parte de su colección de sellos y monedas. Desde la última vez que estuve aquí había aumentado, y aun mejorado.

Mientras esperaba a mi amigo me entretuve observando esa exposición decorativa. Al pie de cada cuadro expositor había escrita una leyenda que definía la colección de monedas y sellos. Sobre todo me interesé por las primeras, e iba leyendo: Monedas del Imperio Bizantino, Algunas monedas de la Antigua Grecia, Monedas germánicas, Monedas fenicias, Monedas raras... ¿Monedas raras? Esta serie levantó mi curiosidad y le presté mayor atención tratando de adivinar en que se diferenciaban del resto. Porque todas eran antiguas, de unas épocas determinadas y con formas determinadas, y de materiales concretos: de oro, de plata, de aleación de oro y plata, de cobre, de bronce... Pero efectivamente las que se encontraban en esta vitrina sí tenían algo peculiar que las desemejaba de las otras. Había un Denarius serratus que databa del año 210 a.C., y presentaba el borde serrado. También un Dextans, moneda de bronce acuñada entre el 210 y 208 a. C. y mostraba la cabeza de

Ceres, diosa de la agricultura, las cosechas y la fecundidad. Y una Tetra de Akragas, moneda de bronce en forma de diente emitida a principios del siglo V a.C., con un cangrejo en una cara y dos cabezas de águila mirando a derecha e izquierda, en la otra.

Continué observando las monedas que iban tomando formas más simples y, tal vez por eso las hacía peculiares y extrañas, como unos pequeños bronces de forma anular y otros en forma de rueda , fundidos por los pueblos celtas entre los siglos V y II a. C.... Hasta que vi una moneda que claramente contrastaba con el resto, o al menos así me lo parecía. Porque no era antigua como las otras, y el material de que estaba compuesta era una aleación de cuproníquel, aunque tenía una hendidura en el borde. Se trataba de una moneda de cien pesetas acuñada a principios de la década de los ochenta, o ¿debería decir más bien, la extraña moneda que había pintado el joven Juan Martín asegurando que era prodigiosa?... Al menos debería ser valiosa cuando mi amigo Ignacio, uno de los más acreditados numismáticos, la mostraba en el conjunto de su colección.

-Hola, Manel, me alegro de que hayas venido... Aunque he de confesarte que temía hubieras sufrido algún percancc. Últimamente estamos padeciendo varios temblores de tierra –me dijo Ignacio con preocupación -Afortunadamente solo tuve una ligera desestabilización en la dirección de mi coche sin consecuencias, pero gracias por preocuparte... ¿Y bien? ¿Por qué me has hecho venir?

- Manel, amigo mío, tengo dos buenas razones. La primera de ellas es obvia... Tú sabes la obsesión que tengo por conseguir hacerme con una de las monedas más antiguas de la historia... Pues bien quiero mostrarte una de las primeras monedas oficiales acuñadas en

Lidia, actual Turquía, en el siglo VI a. C... Ven, acompáñame a mi despacho.

Seguí a Ignacio hasta su lugar de trabajo, una enorme sala repleta de armarios y estanterías llenas de libros y más vitrinas de monedas y sellos colgando de las paredes, así como algunos diplomas y títulos académicos. Mi amigo abrió uno de los cajones de su mesa de trabajo y sacó una pequeña cajita forrada de fieltro de color rojo. La abrió y dentro contenía una moneda acuñada en electro y que mostraba en el anverso la figura de un león, símbolo heráldico correspondiente a la Dinastía Mermnada a la cual pertenecían los reyes de Lidia

- Mira Manel, esta moneda tenía el valor de un tercio de estáter, y está considerada como una de las más antiguas. Pero, tú sabes, yo no me conformo con eso, porque sé donde podemos hallar la más antigua de todas – me dijo Ignacio optimista y en un tono sugestivo.

- ¿Podemos?... ¿Qué me estás sugiriendo? –pregunté interesado -Quiero que me acompañes al Congreso de Numismática que se va a celebrar en Ankara, y una vez allí contactaremos con un arqueólogo pakistaní a quien nadie ha tenido en cuenta, ni siquiera las autoridades de su país, que asegura haber descubierto un yacimiento con piezas de más de cinco mil años de antigüedad.

La idea de viajar a Turquía, me atrajo enormemente, sobre todo porque tendría lugar en Julio, mes que habitualmente elegía para mis vacaciones. Le dije que su propuesta era tentadora y que lo pensaría, aunque en realidad ya tenía decidido acompañarle en su viaje. Luego le pregunté cuál era la segunda razón por la que me había urgido a venir.

- Quiero que te quedes a cenar... - respondió Ignacio - Si te lo hubiera pedido antes de venir, conociéndote como te conozco, probablemente habrías puesto alguna excusa de las tuyas como siempre. Esta vez acepté de buen grado la invitación, aun sabiendo que me exponía a recibir una buena dosis de evangelización. Cuando salimos de su despacho, todavía me sentía verdaderamente intrigado por la moneda deformada de cuproníquel que exponía en la vitrina de monedas raras.

- Ignacio, me preguntaba dónde conseguiste esa moneda hendida de cien pesetas y por qué la colocaste junto a las monedas raras, entre las cuales, pienso no encaja por haber sido acuñada en nuestra época –dije señalando la vitrina donde se encontraba

- Esa es una moneda, más que rara, peculiar... Se la compré a un joven aficionado estadounidense junto con un lote de monedas de aquel continente por dos mil dólares...

-¡Dos mil dólares! –exclamé sorprendido - Bueno, el conjunto de esas monedas ahora tiene un valor mucho más elevado... Pero lo cierto es que el joven que me la vendió con las otras me aseguraba que era un talismán, una moneda con poderes extraordinarios que la llegó a tener en sus manos el propio Presidente Ronald Reagan y que le protegió evitando su muerte en el atentado que sufrió en marzo de 1981... Esa hendidura que presenta la moneda me dio qué pensar.

- ¡Vaya!... ¿Tú también crees que esa moneda es milagrosa? –le pregunté con indiferencia y un tanto incrédulo.

- No, no... los milagros los concede solo Dios a quienes se lo piden con fe. El hecho de llevar un amuleto o talismán de la buena suerte no reporta nada ante un acontecimiento extraordinario o milagroso... Si ha de ocurrir un milagro, este tendrá lugar por el poder de la oración dirigida a Dios y nada más –respondió Ignacio con convencimiento y firmeza en lo que decía.

- No sé qué pensar, Ignacio... Ahora mismo me

tienes desconcertado...

-Te revelaré algo, Manel. El joven al que le compré las monedas le faltaban dos mil dólares para poder matricularse en la Universidad estatal de Ohio... Coincidencia o no, estoy seguro de que él o alguien de su familia habría rezado para que sucediese un milagro que finalmente se produjo, el de haberse topado conmigo y el que me interesase por su colección de monedas,... incluida la de cien pesetas...

En ese instante, a las 18:47 se producía un movimiento sísmico que hizo estremecer todas las paredes de la casa. Los muebles de la sala y los cuadros y vitrinas de las paredes temblaban. Entonces, una sensación de angustia aterradora comenzó a atenazar mis miembros. Por primera vez tuve miedo a morir. Yo, que siempre me había jactado de ser un hombre al que la muerte no le quitaba el sueño en absoluto. Y ahora sentía verdadero pavor. El hecho de perder la vida por aplastamiento y asfixia bajo los escombros de la vivienda de mi amigo Ignacio era algo impredecible que jamás hubiera pensado podría ocurrir tal día como éste y estando yo dentro. No derramé lágrimas porque no sabía o porque nunca había experimentado una situación tan horrible y aciaga. Pero Ignacio, tratando de tranquilizarme, me aconsejó que me pusiera bajo la mesa que había junto a la pared donde estaba la vitrina de monedas raras, mientras él se situaba bajo el marco de la puerta de entrada a la habitación.

El terremoto apenas duró unos minutos que a mí me parecieron una eternidad. La vitrina de monedas raras se descolgó y al caer al suelo se astilló, esparciéndose su valioso contenido por el mismo. De todas ellas, observé como la rara moneda de cien pesetas iba rodando hasta chocar con la punta de mi zapato izquierdo. Instintivamente alcé la mirada hacia la pared desde donde cayó la vitrina y comprobé que se habían formado unas leves grietas. Afortunadamente no hubo daños personales, ni siquiera materiales de importancia. Sin embargo, al volver a mirar las grietas de la pared me quedé atónito, casi tan espantado como durante el movimiento sísmico. Las resquebrajaduras parecían formar unas letras mayúsculas, aunque no era una escritura perfecta.

-Mira esas grietas Ignacio... ¿no te parece extraño el dibujo que forman?

- Gracias a Dios son unas fisuras leves sin importancia como el resto que no han dañado la estructura de la casa – respondió mi amigo serenamente.

- Sí... pero... las rajas no se forman al arbitrio y esas parecen haber seguido misteriosamente una pauta de escritura... ¿Ves? Esto es una Y, y continuación al pie de esta una H, que va seguida de una W, y encima de ésta otra H... YHWH, ¿no lo ves? – dije convencido, señalando y siguiendo las líneas con mi dedo.

- Yo solo distingo unas grietas, pero puede que tú seas más observador y detallista, o imaginativo, y veas lo que otros no pueden ver – contestó Ignacio en un intento de razonamiento lógico.

- ¿Imaginación? ¿Piensas que me lo estoy inventando?

-¡Pero no, Manel! Al contrario, digo que en algunas situaciones difíciles de descontento, de tribulación, de luchas internas, de peligro, como la que hemos afrontado hace unos minutos, Dios se comunica con algunas personas enviando algún mensaje, alguna señal por medio de la propia Naturaleza y que solo esos privilegiados pueden ver u oír... - intentó explicarme mi amigo

-¿Dios?... ¿Por qué va Dios a decirme a mí algo, a mí que me considero un escéptico, un irreligioso sin fe, un casi ateo? –repliqué confundido y aun escamado por dentro.

- Bueno, pues porque Dios no hace acepción de personas y porque algunas necesitan una manifestación especial de su presencia en el mundo... Mira, las letras que tú dices que ves en esas grietas corresponden al nombre de Dios que aparece en la Biblia: YHWH significa EL QUE ES, el Innombrable...

- Entonces, ¿tú también las ves?

-No, yo no necesito una manifestación sobrenatural de Dios porque yo creo en Él... Mira, a ti te puede estar sucediendo como a Pablo de Tarso mientras iba a Damasco con permiso de los jefes del sanedrín para perseguir a los cristianos. Hubo un momento en que una luz blanca del cielo le cegó y le hizo caer del caballo, al tiempo 106 que escuchó una voz que le decía: "Saulo, Saulo, ¿por qué me persigues?"... Ese fue el instante de su conversión. Los que le acompañaban también vieron el resplandor, pero no oyeron la voz... Probablemente Dios te está enviando un mensaje, como a San Pablo, que solo tú puedes ver.

- ¡Bobadas!... Yo hace tiempo que dejé de rezar y de creer en algo que no pueda abarcar la razón... No creo en absoluto que Dios se interese por nadie que le haya dado la espalda negando su existencia –exclamé con cierta apatía.

- Lo creas o no, todos estamos llamados por Dios para ser felices y gozar de su presencia, pero nos ha creado libres y libremente hemos de buscarle y conocerle y tratarle, y finalmente amarle... Yo amo a Dios tanto o más que a Eloísa y al bebé que estamos esperando. Y tú tienes una oportunidad para volver a la fe...

En ese instante entró Eloisa y dijo con gran consternación:

- Nacho, ¡qué catástrofe!... ¡Todas las casas destruidas!

¿Todas las casas destruidas? ¿Cómo era posible eso sin que la de mi amigo Ignacio en la que nos encontrábamos hubiese sido dañada considerablemente? Mientras me hacía esta pregunta que me tenía tan desconcertado como el discurso trascendente de Ignacio, salí fuera para verificarlo. En efecto, todas las viviendas adyacentes se encontraban devastadas por los efectos del terremoto. Paredes y tejados derruidos, y grandes aberturas de tierra en sus jardines y patios cimentados. Era algo sorprendente, extraordinario que solo la casa de Ignacio, la cual reunía las mismas condiciones en cuanto a su construcción que las de sus vecinos, no se haya visto afectada por la catástrofe. Al principio pensé que habíamos tenido suerte en una situación adversa, pero la naturaleza de lo ocurrido sobrepasaba todo lo razonable, que ni siquiera la fortuna podía sostener. Solo la casa de Ignacio quedó en pie tras un terremoto de 5.2 en la escala de Richter. Un seísmo que, según Ignacio Lucas, portaba un mensaje dirigido a mí, puesto que nadie más que yo podía verlo y tal vez interpretarlo: ¿Es razonable la existencia de Dios? ¿Era razonable lo que mis ojos leían por medio de unas grietas en la pared de su casa? ¿Qué papel jugaba la rara moneda de cien pesetas en este hecho extraordinario?...

Desde entonces una intranquilidad interior me embargaba, un desasosiego que solo calmaba el deseo de encontrar y conocer la verdad, aquella realidad absoluta que le daba sentido a mi vida.

INDICE

www.ingramcontent.com/pod-product-compliance
Ingram Content Group UK Ltd.
Pitfield, Milton Keynes, MK11 3LW, UK
UKHW020220250726
13967UKWH00001B/101

9 781326 628895